HICHAM

Brigitte Galle

HICHAM

Roman

Du même auteur :

En route vers... Éditions Brumerge, 2013
Rita, Éditions Brumerge, 2019
Ismaël, Éditions Brumerge, 2020
Édith, Édition BoD, 2022
Anita, Éditions BoD, 2025

J'apporte mes affectueux remerciements à Marie-Joseph HP pour sa précieuse aide, sa patience et son amitié.

Première édition :
TheBookEdition, 2023
ISBN : 9791041529858

Deuxième édition :
© 2025, Brigitte Galle

Édition : BoD · Books on Demand, 31 avenue Saint-Rémy, 57600 Forbach,
bod@bod.fr
Impression : Libri Plureos GmbH, Friedensallee 273, 22763 Hamburg
(Allemagne)

ISBN : 978-2-3224-7887-3
Dépôt légal : avril 2025

1

Je m'appelle Hicham. Je vis à Peshawar, au nord-ouest du Pakistan, non loin de l'Afghanistan.

Ce matin, je suis allé à notre centre d'accueil des enfants des rues. Ma femme et moi, aidés d'une amie de ma femme, Amina, nous avons créé cette structure médicale pour défavorisés. Elle est infirmière, son amie est à l'accueil. Elles aiment toutes deux les enfants. Noor et moi, nous en avons quatre, deux garçons et deux filles.

J'ai retrouvé les enfants qui n'ont plus de parents, ou dont les parents ne peuvent pas s'occuper d'eux. Parfois, les mères sont célibataires, veuves ou ayant été abandonnées par leur mari. Certaines ne le disent pas, mais leurs enfants sont nés alors qu'elles avaient besoin d'argent pour nourrir les membres de la famille. Elles ont rencontré des hommes, mais ça, il ne faut pas le dire. Nous disons qu'elles sont mariées et que leur mari est parti. Nul ne pense à poser la question si impolie :

« Où est votre mari ? »

Parfois, il ne reste que le père. La mère est morte en couches ou faute de soins. Les grossesses sont nombreuses. Il n'est pas question d'aborder le problème de la contraception. Ça n'est pas dans les mœurs et c'est condamné par les autorités religieuses.

Parfois, les deux parents sont morts. Il ne reste que les frères. Ils ne parviennent pas à faire face à la charge familiale. Les enfants sont livrés à eux-mêmes.

À mon arrivée, les enfants m'ont accueilli en me sautant dans les bras. Les plus vieux m'ont simplement montré leur cœur en le frappant trois fois de leur poing fermé.

Je suis monté à l'étage du bâtiment où ma femme s'entretenait avec Amina. Amina est une femme célibataire. Elle prétend être veuve. Ma femme et moi, nous n'avons jamais posé de questions. Elle a une seule fille. On ne lui connaît pas de parents. Nous la connaissons depuis si longtemps qu'elle est un peu notre grande sœur.

En plus de l'accueil, elle gère la comptabilité, le réapprovisionnement en médicaments, nourriture, et autres besoins.

Noor la tient en grande estime. Je n'ai jamais eu connaissance des circonstances de leur rencontre. Je sais seulement qu'elles se connaissent depuis longtemps. J'ai aimé Amina dès les premiers instants. Ça me suffit. Je n'ai pas besoin d'en savoir plus.

Je suis allé à l'infirmerie de notre établissement.

Ah ! Oui ! J'ai oublié de vous dire que je suis médecin.

Plusieurs enfants m'attendent. Ils ont des plaies au visage, sur le corps, sur les membres. Ils ont été battus, ou ils se sont battus. Je les ausculte et mon assistante leur prodigue les premiers soins.

Nous recueillons des enfants de tout âge, des adolescents ou de jeunes adultes.

Ils portent la souffrance sur leur visage. Ils ont des cicatrices qui ne ressemblent pas aux cicatrices des enfants de bonnes familles. Ils sont marqués par la douleur. Leurs yeux sont rougis par les larmes ou par les drogues.

Voilà mon quotidien. Je me lève le matin, je déjeune avec ma femme et mes enfants. Ils partent étudier dans les meilleures écoles de la ville. Notre aîné est pensionnaire à l'université d'Islamabad. Moi, je rejoins le centre où je travaille avec ma femme. L'après-midi, je me rends dans la clinique que j'ai acquise à Peshawar. Ma clientèle est constituée de riches Pakistanais. Cela nous assure une aisance financière.

Le soir, je rentre exténué, heureux d'avoir une magnifique famille, une épouse belle et merveilleuse, des enfants qui m'apportent tellement de joie.

Les souvenirs de mon enfance s'imposent à moi, bien malheureusement contre ma volonté. Je voudrais oublier, mais comment faire ?

Peut-être en écrivant le déroulement des si nombreux événements qui ont jalonné ma vie. Je vous les livre, je vous les donne, vous mes amis lecteurs.

J'oublierai peut-être, ainsi, ce qui torture mes nuits.

2
aujourd'hui

Je me souviens de mon mariage. Ce merveilleux moment où mon épouse s'est présentée à moi dans son sari rouge. Elle avait le visage caché, comme la tradition l'impose.

Mon mariage n'est pas le début de ma vie. Il est le début d'une vie heureuse. C'est à cet instant que mon destin a changé de direction. Il m'a apporté un bonheur auquel je n'avais jamais espéré.

Je veux fuir mes souvenirs. Je refuse de les affronter. Il ne faut plus que je me les remémore, c'est un ramassis de douleurs morales et physiques.

Je ne veux pas. Je ne vous dirai rien. C'est trop douloureux. J'abandonne. Vous ne saurez rien.

Bon. J'ai réfléchi. Cela fait trois jours que je n'ai pas touché ce manuscrit. Mon passé me tourmente encore et encore. Si je veux vivre en paix, si je veux que mes nuits soient enfin calmes, il faut que je me lance.

Je vais vous parler. Vous allez connaître les bouleversements de mon enfance, ma malheureuse enfance.

Je suis né à Peshawar. Euh ! Ça, je vous l'ai déjà dit.

Ça n'est pas facile de se livrer.

Je suis né dans une famille tout ce qu'il y a de plus simple. Mon père travaillait, mais je n'ai jamais su ce qu'il faisait. Il partait le matin et rentrait le soir. Ma mère restait à la maison, ou plutôt dans la pièce qui nous servait de demeure. Elle était régulièrement enceinte, ce qui fait qu'à l'heure d'aujourd'hui, je ne sais pas vraiment combien de frères et sœurs j'ai eus. Nous, les enfants, nous restions avec elle à longueur de journée. Mes frères aînés sortaient et revenaient avec de la nourriture. Ils ne rentraient que pour les repas et la nuit. Ma mère était tendre et distante. Elle restait éternellement accroupie devant le feu qui permettait de cuisiner. Comme beaucoup de familles pauvres, nous n'avions ni table, ni chaise, ni aucun autre meuble. Nous ne possédions rien. Les meubles de rangement n'auraient pas été utiles.

Ma mère était fine. Elle était mince, très mince, ou maigre sous son unique ensemble tunique et pantalon bouffant, en coton, habit traditionnel. Elle me souriait. Je voyais ses dents irrégulières. Elle était belle. Elle était la seule à me donner un peu d'affection. Je me souviens d'elle ayant un enfant dans les bras ou devant une casserole.

Mes frères et sœurs étaient des inconnus. Nous n'avons jamais joué ensemble. On ne se parlait pas. J'étais si jeune, je ne peux me souvenir de leur visage.

Ce jour-là, j'étais seul avec ma mère. Je la revois dans le fond de la pièce. Elle m'a intimé l'ordre de ne pas la regarder. Son visage était crispé. Elle bougeait sa tête de haut en bas, de droite à gauche. Elle souffrait. Elle gémissait. Cela m'a paru long. J'étais inquiet. Je ne comprenais pas ce qu'il se passait. Pourtant, je ne craignais rien de grave.

Elle a émis un cri court. Elle a levé les genoux. Son visage s'est décontracté. Un cri de bébé a retenti dans la pièce. J'ai compris que ma petite sœur venait de naître.

Ma mère s'est levée. Elle est allée chercher de l'eau. Elle a lavé le bébé et l'a entouré d'un linge épais. Elle s'est ensuite tournée pudiquement pour remettre son pantalon. Elle a enveloppé l'enfant de ses bras maigres pour la porter au sein. Elle s'est approchée de la casserole bouillante et a tourné le repas de soir.

Elle m'a souri. Je sais qu'elle est heureuse.

Néha est la seule de ma fratrie familiale dont j'ai gardé un souvenir. Je sais que j'avais deux frères aînés et une ou plusieurs sœurs.

Le soir est arrivé. Les hommes de la famille sont rentrés pour le repas. Ma mère a baissé le regard lorsqu'ils se sont penchés sur le visage de l'enfant. Un mot a été échangé entre eux, « fille ». Ils paraissaient contrariés. Je n'ai pas compris pourquoi.

Moi, j'étais heureux. C'était ma petite sœur. Je l'aimais. Elle s'appelait Neha, qui veut dire « aimée » en hindi. Je pense aujourd'hui que c'était son prénom, Néha, je n'en suis pas certain. Je l'aimais et c'est un prénom que j'aime lui donner. Je n'ai pas le souvenir d'avoir entendu ma mère l'appeler. Quand elle voulait lui faire comprendre quelque chose, elle l'interpellait par « viens », « donne », « prends ». Elle ne prononçait jamais de prénom.

Alors, pour moi, ma petite sœur était Néha puisque je l'aimais.

Le lendemain soir, mon père est rentré en titubant. Il a frappé ma mère qui est restée longtemps immobile sur le sol. Il la frappait régulièrement, quand il rentrait en titubant. Je détestais ces instants, mais je les acceptais puisqu'ils étaient l'œuvre de mon père. Ce soir-là, mon frère aîné a frappé mon père pour qu'il arrête. Il est tombé au sol et n'a plus jamais bougé. Mon frère s'est penché sur son visage en sang. Il a dit une phrase avec le mot « mort ». Il a disparu. Je ne l'ai plus jamais revu.

J'ai pris ma petite sœur et je me suis blotti au fond de la pièce, derrière les sacs en toile de jute. J'avais peur. Peur de quoi ? Je ne savais pas. J'avais peur d'une violence impromptue qui pourrait survenir à tout instant. J'avais peur parce que j'avais compris que notre vie avait été bouleversée par ce coup-de-poing mortel de mon frère aîné sur mon père.

Néha était calme. Elle était rassurée puisqu'elle était dans mes bras. Elle pensait probablement que je serais là pour la protéger envers et contre tous.

Nous nous sommes endormis, dans les bras l'un de l'autre.

Dans la nuit, j'ai entendu des bruits que je n'ai pas compris. Ces bruits étaient inhabituels. Je n'ai pas voulu savoir ce qu'il se passait. Je suis resté caché avec Néha derrière les sacs en jute. Néha dormait paisiblement, alors je me suis rendormi.

Le lendemain matin, mon père n'était pas là. Peut-être dois-je dire, le corps de mon père n'était plus là. Ma mère avait le visage tuméfié. Elle nous préparait le petit-déjeuner. Ali, mon frère, second de la fratrie, agissait comme un chef de famille. Il reproduisait les gestes de mon père. Il était assis à sa place. Il donnait des ordres à ma mère qui était là pour le servir.

3

La vie a repris son cours. Deux personnes de notre famille étaient absentes. Je n'avais pas compris pourquoi. Je n'avais pas posé de questions, je savais que je n'aurais pas eu de réponses. Ali était maintenant le chef de famille. Nous lui obéissions.

Néha grandissait. Elle était belle. Nous avons joué ensemble, si souvent. Parfois, j'allais à l'école. L'école était dirigée par une institutrice, qui venait de la ville moderne. Nous, nous étions dans un bidonville à l'extérieur de Peshawar. Nous n'avions pas de table, pas de chaise. Elle venait avec un tableau noir et des craies. Elle nous expliquait les lettres de l'alphabet ourdou. Elle parlait cette langue officielle au Pakistan, alors que nous parlions le pachto, à la maison et avec les voisins.

C'est ainsi que j'ai eu mes premières leçons. J'ai tout de suite aimé étudier. Il faut dire que l'institutrice était très gentille avec moi. Je crois qu'elle m'avait pris en affection. Elle me regardait avec un joli sourire. Ce sourire, j'aurais aimé le voir sur les lèvres de ma mère. Mais ce sourire, elle ne l'a jamais eu. Je me disais qu'elle ne pouvait pas sourire puisqu'elle avait les lèvres blessées par les coups de mon père, ou d'Ali qui s'obstinait à reproduire le comportement de son géniteur.

J'aimais mon institutrice. Je courais, quand je savais qu'elle venait une fois pas semaine. J'étais très doué, si je m'en réfère à ses compliments. Les instants passés en sa présence étaient des instants de bonheur. Ils étaient les moments de joie, de ma vie sans lumière.

Mon autre rayon de soleil était Néha. J'étais heureux en sa présence. Pourtant, ce bonheur était ombragé par la crainte qu'un événement bouleverse notre vie. Je la protégeais, mais je savais que j'étais moi-même très vulnérable.

Ali rentrait le soir avec des habits salis par la poussière et la boue. Je ne l'ai jamais vu saoul comme mon père. Mais il était toujours en colère. Il criait, il frappait, il nous accusait de tout et de rien. Il était malheureux et s'obstinait à nous rendre malheureux. Il amenait régulièrement des victuailles. Il n'y avait jamais de vêtements pour changer ceux de mes sœurs qui grandissaient. Dans notre quartier, une fois de temps en temps, des membres d'une ONG nous apportaient du linge de toute sorte, draps, couvertures, robes, pantalons... Cela nous permettait d'avoir une apparence décente. Ce jour-là était jour de fête. J'aimais voir Néha qui caressait sa nouvelle robe avec ses petites mains pas du tout potelées, comme l'ont été les mains de mes filles. J'avais moi-même un nouveau pantalon et un tee-shirt avec des motifs américains. Ma mère refusait de mettre les habits que lui présentaient les bénévoles. Des jupes et des chemisiers venus « d'on ne sait où » selon son expression favorite. Ils n'étaient pas traditionnels. Ils ne ressemblaient pas aux habits de chez nous. Elle tenait à garder son ensemble pakistanais défraîchi qui était maintenant garni d'une multitude de trous, de tâches et de désespoir.

Ali était de plus en plus violent. Mes sœurs ont disparu les unes après les autres. Je n'ai jamais su ce qu'elles étaient devenues. À la maison, il ne restait plus que Néha, ma mère, Ali et moi.

Un jour, je me suis levé, impatient de vivre la journée qui se présentait à moi. C'était le jour où l'institutrice venait.

Je savais que j'allais retrouver son joli sourire, et qu'elle allait m'apprendre à lire et à écrire. J'ai revêtu le tee-shirt et le pantalon que m'avaient donnés les volontaires de l'ONG. Je voulais être présentable devant cette grande dame qu'était mon enseignante.

Ali m'a regardé étrangement. Depuis quelques jours, j'avais remarqué qu'il m'observait avec dureté. Ses yeux étaient ceux du prédateur qui veut attraper une proie. De sa part, je n'avais jamais eu de marque d'affection. Il avait toujours été distant. Il m'ignorait. Je n'existais pas.

Pourtant, depuis quelques semaines, il m'observait. Je voyais qu'il réfléchissait.

À quoi pensait-il ? J'allais bientôt le savoir.

4

Je m'apprêtais à quitter la pièce qui nous servait de domicile, lorsqu'Ali m'a pris la main. Ce geste, il ne l'avait jamais fait. Sa façon de me saisir était rude. Cela ne présageait rien de bon.

Alors que je devais partir vers la droite pour rejoindre celle qui m'attendait, mon institutrice, il m'a regardé avec un regard assassin. Nous n'avons pas échangé un seul mot, comme à notre habitude, tout était dans les gestes. Il m'a entraîné vers la gauche. Je l'ai suivi désespéré. Je pensais à elle, à son joli sourire que je n'allais peut-être pas voir aujourd'hui.

« Où est-ce qu'Ali m'emmène ? » ai-je pensé.

Inutile de lui demander, il ne m'aurait pas répondu. Je n'avais pas de chaussures. Les tongs qui m'avaient été données par des bénévoles, n'étaient plus dignes d'être portées. Ali me tirait si fort par le poignet que j'avais une marque rouge. Mes pieds étaient en sang. Nous avons emprunté des traverses, des rues avec des rebords aux pierres tranchantes. Ce moment était terriblement douloureux. Pour la première fois, j'avais quitté notre quartier. Je découvrais un monde qui m'effrayait, une ville hostile. Les passants ne me regardaient pas. Ils ne voyaient pas mon désespoir. Ils étaient affairés à des tâches que je ne comprenais pas. J'étais anonyme. J'aurais voulu crier. Pourquoi crier ? Je n'étais rien, je n'avais jamais compté pour personne, personne ne m'avait apporté d'attention.

Seule mon institutrice avait été présente. Elle m'aimait. J'en étais certain. Si elle avait été là, elle aurait fait quelque chose. Elle aurait empêché Ali de me traîner comme une bête à l'abattoir. Mais elle était loin. J'étais au milieu d'un monde inconnu, qui ne me connaissait pas.

Après une marche qui m'a paru interminable, nous sommes arrivés sur une grande esplanade où de nombreux camions étaient garés. Je pense que nous avons marché plusieurs heures puisque la population était attablée pour le repas de fin de matinée. Il était peut-être 11 heures alors que je partais chaque semaine, vers 8 heures pour me rendre à l'école.

Cet endroit était immense. Je n'avais jamais rien vu d'autre que les quelques habitations qui entouraient notre domicile. J'étais terrifié. Ali ne m'avait pas adressé la parole depuis notre départ. Maintenant, il ne me regardait pas. J'ai juste aperçu son regard inquiétant du coin de l'œil.

Il m'a fait asseoir sur un petit mur, toujours sans aucune parole, en me le désignant, tout simplement. Il m'a encore une fois regardé du coin de l'œil. Il réfléchissait.

Au fond de la grande esplanade où nous nous trouvions, je voyais un groupe d'hommes. Ils avaient le visage, les mains et les vêtements sales. Ils étaient tachés par du cambouis, comme j'allais l'apprendre plus tard. Ali les regardait discrètement. Il ne semblait pas les connaître, mais il les observait. Il réfléchissait encore et encore. Je me suis demandé pourquoi il n'allait pas les voir, puisqu'ils étaient l'objet de ses réflexions. Non, il a choisi de rester à quelques mètres de moi, immobile, pensif.

Après de longues minutes, un des hommes du fond de l'esplanade, nous a remarqués. Il s'est arrêté de parler. Les autres hommes ont fait de même. Ils nous ont tous regardés sans rien dire. C'est à ce moment-là qu'Ali s'est décidé à m'adresser la parole :

– Tu restes là, tu ne bouges pas.

Ses yeux étaient noirs, autoritaires, sans appel. La gorge étranglée par la peur, j'ai pu dire :

– Ne me laisse pas.

Il ne s'est pas retourné. Il est parti.

Comme il me l'avait ordonné, je suis resté assis sur le petit mur, je n'ai pas bougé. Au fond de ce qui était la gare routière, les hommes me regardaient. Ils n'ont pas bougé, eux non plus.

J'ai patienté de longues heures. J'avais faim, j'avais soif, car il faisait très chaud. Je pensais à mon institutrice qui m'avait probablement attendu.

La nuit est tombée. J'étais toujours assis sur le petit mur. Un des hommes qui m'observaient depuis le matin est venu vers moi avec une boisson.

– Alors petit. Tu es seul ? Pourquoi tu restes là ?

– J'attends mon frère.

– Ça fait déjà plusieurs heures que je te vois. Tu es certain qu'il va revenir.

– Oui. Je l'attends.

Cet homme était averti des traditions qui m'étaient inconnues. Nous étions dans une gare et les abandons d'enfants étaient réguliers, sans être fréquents. Mon frère savait ce qui allait m'arriver. Il n'avait eu que peu de retenues face au destin auquel il me livrait. Il m'a demandé :

– Tu dois avoir faim ? Viens, suis-moi. Je vais t'acheter un bon repas.

– Non. J'attends mon frère.

– Bon. Je n'insiste pas. Je te laisse.

Je suis resté assis sur le même petit mur, assoiffé et affamé, mais confiant, mon frère Ali allait revenir me chercher.

La nuit est tombée et je me suis endormi, toujours à la même place. Plusieurs hommes sont venus me voir pour me proposer une boisson et des biscuits. J'ai accepté quelques collations, mais j'ai refusé de bouger.

Au petit matin, je me suis obstiné à rester sur place. J'étais maintenant nourri par les camionneurs qui me rendaient régulièrement visite.

Plusieurs jours ont ainsi passé, sans que j'accepte de quitter ce petit mur. J'ai enfin compris qu'Ali ne reviendrait pas. Je pensais à mon institutrice qui avait dû me chercher, c'est ce que j'espérais. Je voulais être avec Néha. Elle avait besoin de ma protection.

Une idée a surgi. Je devais rentrer chez moi pour ma petite sœur et pour retourner à l'école. Il fallait que je trouve un moyen.

Les hommes qui me nourrissaient, pouvaient m'aider. J'en étais certain. J'allais leur demander de l'aide.

5
aujourd'hui

Je n'arrive plus à écrire. Vous raconter ma vie est beaucoup plus émouvant que ce que j'imaginais. J'ai pensé que j'allais oublier mes souffrances, mais elles me sautent au visage. Je ne contrôle plus rien. J'ai envie de partir pour fuir. Pour me fuir ? Je sais que même à l'autre bout du monde, mes souvenirs seront toujours présents.

Aujourd'hui, je vais fêter l'anniversaire de ma fille aînée. Je suis certain que ça sera un instant de bonheur, en compagnie de ma famille. Je vais oublier mon enfance. Je ne peux rien changer. C'est le passé.

C'est une belle journée de fête en l'honneur de Saïma. Elle a 15 ans. Je vais profiter de ma famille. C'est tout ce qui compte.

Je suis en retard. Je dois partir pour les accompagner. Noor a réservé une grande salle. Nous avons convié une centaine d'invités. Notre rang social nous oblige à ne pas oublier les notables de la ville, tous ceux qui sont politiquement placés en haut lieu. Nous faisons régulièrement appel à eux, lorsque nous avons besoin de subventions pour notre centre. Ils sont généreux, en échange d'une belle photo qui leur sert de propagande pour la prochaine élection. Saïma est une jolie jeune fille. Elle fait des études. Elle se mariera un jour. Nous devons veiller à ce que son futur époux soit choisi parmi les élites de la ville.

Il faut que je sois à l'image du prestige de la soirée. Nos aides ont organisé, sur les ordres de ma femme, une époustouflante décoration. Elle y travaille depuis de longs jours. Les meilleurs cuisiniers de la ville ont préparé deux repas, l'un avec de la viande hallal et un autre végétarien. Cette différenciation est en l'honneur de nos amis hindous.

Saïma aura une robe très chic, j'en suis certain, puisque nous allons la choisir dans le plus luxueux magasin d'Islamabad.

Les préparations ont été la préoccupation principale de Noor depuis plusieurs mois. Elle est merveilleuse. Elle est si dévouée à sa famille, que j'ai souvent du mal à réaliser que j'ai épousé une perle.

La fête sera réussie, elle le sera.

6

La fête a été réussie. Saïma était radieuse. Elle était belle. J'ai peu de souvenirs du visage de ma mère, mais je crois qu'elle lui ressemble. Ma mère était maigre et triste. Ma fille est fine et lumineuse. Elle est ce qu'aurait pu être sa grand-mère.

Mon passé s'impose. Il m'empêche de vivre. Je ne peux m'en débarrasser. Une tache sur un vêtement peut disparaître. Si on ne parvient pas à l'enlever, on peut jeter le vêtement. Mais comment jeter sa mémoire ?

Il faut que j'écrive tous mes souvenirs sans exception. Ils ne m'appartiendront plus, ils appartiendront à la page sur laquelle ils seront imprimés.

Comme je vous le racontais, j'étais assis sur le petit mur, lorsque j'ai imaginé que les camionneurs qui m'observaient depuis plusieurs jours, pouvaient m'aider à rentrer chez moi.

Je les ai regardés sans bouger. Ils ont compris que j'avais besoin d'aide. Un d'entre eux s'est approché de moi. Il parlait pachto comme moi.

– Tu veux quelque chose, petit ?

– Oui. Je veux rentrer chez moi, mais je ne connais pas le chemin.

– Et où habites-tu ?

– Je ne sais pas. C'est mon frère qui m'a amené ici.

– Tu connais ton adresse.

– Non. On est où il y a beaucoup de maisons.
– Tu n'as rien d'autre comme renseignements ?
– Non. Ma voisine, c'est Zarish.
– Tu n'as pas son nom de famille ?
– Son nom de famille ? On l'appelle juste Zarish.
– Et ton nom de famille à toi ? Tu le connais ?
– Je m'appelle Hicham.
– Ton nom, c'est Hicham ?
– Oui, monsieur.

Naïvement, j'ai espéré que ces renseignements allaient permettre à cet homme de me ramener chez moi. Je ne connaissais pas mon nom de famille, je ne savais pas que les Pakistanais avaient un nom commun à toute la famille.

Il a réfléchi. Je pensais qu'il cherchait dans sa mémoire où habitait Zarish, notre voisine. Mon espoir a été concluant puisqu'il m'a dit :

– Je me souviens de Zarish. C'est une gentille dame.
– Oui. C'est bien elle. Elle est gentille.
– Elle fait bien la cuisine.
– Oui. C'est bon sa cuisine.

Je me souviens de son regard en coin. Il observait mes réactions. Il souriait lorsque mon visage s'illuminait, alors que je pensais qu'il me donnait des détails sur notre voisine.

– Je vais te ramener chez toi. Je la connais. Mais il faut attendre un peu, car je dois partir avec mon camion en fin de matinée.

– Oui. Je suis content. Vous êtes très gentil.
– Je m'appelle Bilal.
– Merci Bilal.
– Est-ce que tu veux manger ? Tu dois avoir faim ?

– Oui. J'ai très faim.

Confiant, je me suis enfin décidé à quitter le petit mur, qui représentait le point de ralliement avec mon frère. J'ai suivi Bilal, celui qui était devenu à mes yeux mon sauveur. Il m'a installé à la table d'un petit restaurant. Il m'a fait servir un repas délicieux, qui m'était totalement inconnu à cet instant. Le regard du serveur était sombre. Il tentait de me parler. Bilal l'a rabroué avec une tape et un œil noir. J'ai eu droit à une boisson marron foncé qui piquait. Il y avait des bulles dans le liquide. Je ne connaissais pas encore le Coca-Cola.

À la fin du repas, nous avons rejoint son camion. Je me suis endormi sur le siège du passager.

Le ronron du moteur m'a réveillé quelques heures après. Bilal faisait marcher la mécanique à l'arrêt afin de se préparer au départ. J'étais heureux. J'allais bientôt retrouver les miens. Il allait me raccompagner chez moi, c'est ce que je croyais.

Je l'ai regardé, interrogatif. Est-ce que nous allions partir prochainement ? Il ne me regardait plus. Son regard était distant. Il regardait son tableau de bord, mais moi, je n'existais plus. Il est monté et redescendu de sa place de conducteur à plusieurs reprises.

J'ai enfin osé lancer une question :

– On s'en va bientôt ? Tu vas me ramener chez moi ?

Aucune réponse n'est arrivée en retour. Bilal restait profondément fermé. Il restait loin de ce qui me préoccupait. J'ai osé renouveler ma demande :

– Dis-moi ? On s'en va bientôt ? Tu me ramènes ?

Son changement de comportement a commencé à m'inquiéter. Après de longues heures, assis sur la banquette du camion, je trouvais étrange qu'il ne me sourie plus, qu'il ne me demande plus si j'avais soif ou faim.

Un temps interminable s'est écoulé. Il a enfin fait démarrer son camion. Il ne me regardait toujours pas. J'ai eu un mauvais pressentiment. Cette situation anormale était surtout inquiétante.

Le camion a roulé dans la ville, sur des rues cabossées par les multiples passages. Nous avons avancé vers ce que je pensais être mon habitation. Les mètres et les minutes ont passé, je ne voyais pas ce qui pouvait ressembler aux rues que je connaissais.

– Tu te trompes Bilal, je ne pense pas que ça soit le bon chemin.

Bilal n'a pas daigné argumenter, alors que je réitérais mes inquiétudes avec insistance :

– Bilal, je te dis que ça n'est pas le bon chemin. Je pense que tu te trompes. Je ne reconnais pas les rues que nous avons empruntées avec mon frère Ali. Dis-moi où tu m'emmènes.

Il a pris un air agacé, m'a regardé avec méchanceté. J'ai compris que je ne pouvais plus rien dire sous peine de sanctions.

J'étais maintenant tétanisé. Mon ventre était dur comme de la pierre. Ma bouche était desséchée. Mon cœur battait mille coups à la seconde si ça n'était pas plus. L'habitacle que constituait la cabine du camion était maintenant une prison. J'avais froid alors que la température extérieure avoisinait les 35°.

C'était le début d'un aller simple vers l'enfer.

7

J'ai regardé défiler les habitations, les rues, les boutiques. Je n'étais jamais sorti du bidonville où je logeais avec ma famille. Ce cadre m'était totalement inconnu. Je l'ai observé sans enthousiasme. Je ne savais pas qu'un clapet s'était refermé sur moi et que j'étais prisonnier. Le sentiment diffus qu'une situation dangereuse était en train de se produire, m'empêchait de me réjouir.

Bilal a ralenti puis a stoppé son camion. Sur le côté, j'ai aperçu des objets que je ne connaissais pas. Sur ces constructions métalliques, je voyais des enfants. Ils étaient souriants. Ils étaient heureux. Ils jouaient. Nous étions dans un parc. Les constructions métalliques étaient des balançoires, des tourniquets, des toboggans.

J'ai aperçu un marchand de glaces. Je ne connaissais rien de la vie dans Peshawar. Je savais pourtant ce qu'était un vendeur ambulant, car un d'entre eux, venait régulièrement à l'entrée de notre quartier. Les enfants moins pauvres que nous, achetaient des glaces qu'ils léchaient avec le sourire. J'en avais conclu que c'était bon.

– Viens, descends, m'a ordonné Bilal en ouvrant la porte.

Il s'est dirigé vers le marchand, toujours sans me regarder. Je l'ai suivi.

– Tu veux une glace ?

Je l'ai regardé avec étonnement. Est-ce que j'avais tort de douter de lui ? Il était peut-être très gentil ? Une personne mal intentionnée ne pouvait pas m'offrir de glace.

– Oui. Je veux bien, lui ai-je répondu avec le sourire.

– Quel parfum tu préfères ?

Grosse interrogation intérieure, je ne savais pas qu'il existait plusieurs parfums.

J'ai fait mine que je ne savais pas, ou que peu importait le parfum. Il a dit :

– Pistache.

Je pensais recevoir une poignée de petits fruits secs dans leur coquille dure, mais j'ai eu une boule de crème gelée verte, plantée sur un cornet en biscuit. J'ai lapé la boule comme je l'avais vu faire par les enfants de mon quartier. Nous étions maintenant assis sur un banc, un peu en retrait, loin de ceux qui jouaient.

La glace était si bonne. J'ai oublié durant quelques minutes, que je voulais rentrer chez moi. La présence de Bilal et de sa glace était devenue agréable. Alors que je finissais de croquer le dernier morceau de biscuit qui avait constitué le cornet, il me dit :

– Tu t'es sali. Regarde ton tee-shirt. Il est sale. Il faut qu'on enlève les taches.

Le tee-shirt ne craignait plus grand-chose. J'étais resté trois ou quatre jours sur le petit mur de la gare à attendre mon frère. J'avais bu et mangé sans attention pour mes vêtements. Ils étaient propres au moment de partir de la maison, puisque je savais que je devais revoir mon institutrice, mais maintenant, ils étaient devenus de vrais chiffons sans attrait.

J'ai reçu la remarque de Bilal comme un geste d'attention. Après m'avoir offert une glace, il se préoccupait de mes vêtements. Il était donc généreux. Je l'ai suivi avec confiance. Il m'a dit :

— Viens. Les toilettes sont là-bas. Tu te laveras les mains et la bouche.

— Oui. Et après, tu me ramèneras chez moi ?

Cette question est restée sans réponse. Je ne m'en suis pas vraiment inquiété. Il venait de me montrer sa gentillesse.

Le parc était grand et profond. Les toilettes se situaient au fond, à l'abri des regards. Je n'ai pas remarqué qu'il n'y avait personne, sauf un jardinier qui nous a regardés passer. Il nous a fixés d'un regard que je n'ai pas su interpréter. Il était mécontent, je n'ai pas su pourquoi.

Bilal ne s'en est pas offusqué. Il est entré dans le sas des toilettes en me tenant la main. Il y avait des lavabos et il m'a pris les mains pour me les laver. Il a ensuite passé sur ma bouche ses mains incurvées, remplies de l'eau. Son geste était souple, habitué à laver les lèvres des enfants après une bonne glace.

La porte des toilettes était entrouverte. Il l'a poussée du pied et m'a fait rentrer à l'intérieur d'un geste brutal. Je n'étais pas préparé à cette manœuvre. Je n'ai pas résisté. Il m'avait mis en confiance. Je n'ai pas anticipé son intention.

C'est à ce moment-là que j'ai senti ses mains sur mon pantalon. Il ouvrait la fermeture-éclair. J'ai pensé qu'il voulait m'aider à uriner. Il l'a baissé. Ses mains se sont posées sur mon sexe, mes testicules. Il était maintenant derrière moi. J'ai entendu qu'il défaisait le nœud du lacet qui tenait son shalwar de l'habit traditionnel pakistanais. Puis, j'ai eu mal, très mal. Le mal a envahi mon corps. Je ne savais pas pourquoi j'avais mal. Mes jambes ont perdu de leur tonicité.

J'ai juste eu le temps d'entendre un râle bestial sorti de la bouche de Bilal et je me suis évanoui.

J'ai peu de souvenirs de la suite de cet instant si étrange. Je me souviens d'avoir revu le jardinier qui hochait la tête avec tristesse. Il m'a regardé alors que je ne pouvais plus marcher normalement. J'avais mal, et je ne parvenais pas à comprendre d'où venait cette douleur.

Nous sommes arrivés près du camion. Bilal m'a aidé à monter sur la place du passager. Je me suis endormi. J'avais son écœurante odeur sur moi.

8
aujourd'hui

Je suis en difficulté pour parler de tout cela. L'émotion me submerge. J'ai envie de pleurer, en pensant à ce que j'ai vécu, mais aussi en pensant à ce que vivent aujourd'hui encore d'autres enfants prostitués. Je n'ai pas le droit de pleurer. Ma femme et mes enfants peuvent rentrer à tout moment dans cette pièce. Ils ne doivent pas me voir faible et abattu. Ils ne peuvent pas comprendre.

Je suis un homme adulte, père de famille. Je vois mes enfants vivre dans un milieu d'amour, en sécurité. Je n'ai pas eu cette chance. Cette horreur est arrivée. Oui, cet instant était une épouvantable épreuve.

J'ai réussi à le formuler, à l'écrire.

Je suis de nouveau envahi par cette douleur. Elle est maintenant sur cette feuille et je vous la partage. Je ne suis plus le seul à la porter. Le manuscrit devant moi, reçoit également ma souffrance. Je veux qu'elle soit transportée vers un ailleurs que je ne connais pas.

J'ai dû faire un immense effort. Livrer mes secrets, si profondément enfouis, n'est pas chose facile. Mille fois, j'ai laissé ma page blanche et je suis sorti, bien décidé à ne rien écrire. Dévoiler une honte subie, alors que je n'avais que 8 ans, est un exercice bien plus éprouvant que de soulever les poids altères dans une salle de musculation.

Mais j'y suis arrivé. Je vous ai décrit l'infamie que j'ai dû vivre.

C'est fait. Je me sens plus léger.

Je m'interroge. Que s'est-il passé après ce premier jour ? Est-ce que j'aurai envie ou le courage de vous le raconter ? Ça n'a été que le début d'un long passage dans l'enfer.

Je vais laisser cette page blanche pour le moment. Demain, j'irai au centre où de nombreux enfants ont besoin de soins. Pour le reste de mon histoire, on verra si je parviens à me faire violence pour l'écrire. Je vais essayer de dormir sans faire de cauchemars.

J'aime retrouver ces petits bambins, les miséreux. Ils sont si peu protégés par la vie. Noor et moi avons eu idée, il y a plusieurs années, de créer un petit dispensaire. Elle était déjà infirmière et je n'étais pas encore pédiatre.

Noor ne connaît pas mon passé. Je ne lui ai jamais parlé des épreuves qui ont fait de moi l'homme que je suis. Elle n'a jamais posé de question. Elle m'a choisi comme je suis, peu lui importait ce que j'avais été avant notre rencontre.

Je ne connais pas non plus son enfance. J'ai choisi d'éviter les investigations afin qu'elle ne m'interroge pas. Nous nous sommes rencontrés, nous nous sommes aimés et nous nous sommes mariés. Cette situation nous convenait à tous les deux.

Le dispensaire avait été ouvert grâce à une association allemande qui avait des ramifications à Peshawar. Elle cherchait des Pakistanais dans la médecine, pour venir en aide aux plus démunis. Elle avait pour but d'aider les femmes lors de leur grossesse. Il fallait aussi un pédiatre pour les enfants. À cette époque, je n'avais pas encore fini d'être formé dans cette spécialité. J'aimais cette association, j'aimais encore plus Noor qui était enthousiaste à l'idée de se lancer dans cette aventure. Le choix s'est imposé à moi, pour mon plus grand bonheur.

Alors que j'étais étudiant, je travaillais pour payer mes études. J'avais fait de nombreux petits boulots. Mon statut d'apprenti en médecine m'avait permis de travailler avec le brillant pédiatre d'un hôpital privé, le docteur Khan. J'avais un petit salaire en plus d'une expérience.

Le dispensaire était très favorablement connu. Les femmes avaient de grands besoins. Lorsque leur mari le permettait, elles venaient seules, accompagnées de leur fils aîné ou d'un autre membre masculin de leur famille. Elles étaient en confiance puisque Noor était, non seulement d'une grande douceur, d'un grand dévouement, mais elle était surtout Pakistanaise comme elles.

J'intervenais régulièrement lorsque la gynécologue était absente. Le problème était que j'étais un homme et je ne pouvais pas toucher les futures mamans. La consigne était de rester derrière le grand drap qui préservait la pudeur des mères. Noor pratiquait l'auscultation et elle me décrivait les problèmes qu'elle observait. Je donnais des instructions, en tant que médecin, sans jamais les toucher.

Je m'occupais également des enfants. Je suis devenu après deux années, le pédiatre officiel du dispensaire.

C'est de cette façon que cette association allemande nous a mis le pied à l'étrier. Le dispensaire a été un bon début pour la fondation du centre que nous dirigeons aujourd'hui, conjointement, Noor et moi.

Je ne peux me départir des images de cet effroyable instant passé dans les toilettes avec Bilal. L'horreur de la situation me poursuit.

Aujourd'hui, je suis un médecin reconnu.

Il faut que je me remémore le long parcours qui m'a emmené jusqu'à ma merveilleuse vie d'adulte. Je dois chasser de mon esprit les épouvantables souvenirs qui me hantent. Je sais que ce bonheur restera incomplet si je n'y parviens pas.

9

Les jours qui ont suivi sont enveloppés d'un épais brouillard. Quelques petites images me reviennent.

J'étais dans la cabine du camion de Bilal. Je pense y être resté sans bouger plusieurs jours. Je buvais les boissons qu'il m'achetait. Je ne mangeais pas ou très peu. Je suis resté prostré, en partie allongé. Du sang était sur le siège, un sang neuf, qui sortait de mon pantalon. Je regardais dans le vide. Je n'avais plus d'énergie.

Bilal ne parlait pas. Il roulait ou il était à l'arrêt, dans des gares que je ne connaissais pas. Je n'avais plus aucun désir de retrouver les miens. Néha n'existait plus. J'avais honte lorsque je pensais à mon institutrice, alors je n'y pensais plus.

Après plusieurs semaines, l'énergie de la vie s'est invitée. Bilal avait recommencé ses assauts. Je ne ressentais plus rien. Je n'appartenais plus à mon corps. Les jours suivants, l'appétit est revenu sans que je ne puisse prendre un repas normal. J'ai mangé quelques bouchées de beignets pakistanais. Une douleur apparaissait lorsque j'allais aux toilettes. Je ne savais pas pourquoi. J'étais étrangement déconnecté des ressentis de mon corps. J'avais mal, sans comprendre d'où venait ce mal, ni comment il était apparu. Je me suis dit, que le jour où Bilal m'avait amené dans les WC du parc, je m'étais peut-être blessé sans m'en rendre compte. La douleur était apparue à ce moment-là.

Bilal m'observait et il paraissait heureux de voir que je me sentais mieux. Il me parlait et me souriait. Il aimait m'acheter des beignets et des friandises. Nous sommes allés dans une boutique de vêtements, luxueuse à mes yeux. Je suis ressorti habillé des pieds à la tête.

Nous étions maintenant loin de Peshawar. Les paysages avaient changé. Nous sommes arrivés dans une grande ville. J'ai découvert la modernité des monuments. Les immeubles étaient hauts, les avenues larges, les lumières brillaient de mille feux dès que la nuit tombait.

Bilal était devenu agréable. Il choisissait pour nous des petits restaurants qui servaient des plats délicieux. J'ai découvert des recettes que je n'avais jamais dégustées. Il n'oubliait jamais de me faire servir ce que j'aimais. Depuis que j'étais très jeune, les repas avaient été frugaux. Ce contraste était une opulence qui me ravissait.

Il avait réitéré ses assauts que je ne comprenais toujours pas. Le choc de ces instants était si puissant que je ne parvenais pas à faire un lien entre eux et la douleur que j'avais ressentie. La dissociation entre mon corps et mon esprit était totale.

Nous sommes arrivés sur une gigantesque esplanade. J'ai pu admirer une multitude de camions tous aussi beaux les uns que les autres. J'ai également aperçu ce que j'ai pris pour des maisons en fer remplies de gros cartons. J'ai su plus tard que c'était des conteneurs.

Alors que Bilal avançait le camion au fond de cette place, j'ai aperçu une immensité d'eau, sur laquelle se trouvaient de drôles de bâtiments. Je voyais de très longs assemblages métalliques qui pointaient vers le ciel à l'oblique. Nous étions au bord de la mer. C'était la première fois que je voyais l'horizon sur les flots. Les étranges bâtiments étaient des bateaux. J'ai mis longtemps pour comprendre qu'ils flottaient. Les assemblages métalliques étaient des grues.

Nous étions à Karachi au bord de la Mer d'Arabie.

Ce spectacle m'a émerveillé. J'étais loin du milieu étroit qui avait fait mon univers depuis ma naissance. Je découvrais le monde, grâce à Bilal. Je lui en étais reconnaissant.

Plusieurs hommes sont venus parlementer avec lui. J'étais sorti du camion afin d'aller admirer les merveilles de ce lieu. Il m'a regardé du coin de l'œil. Il avait probablement peur que je m'égare. J'ai interprété ce geste comme une marque de protection. Après un long moment, il m'a fait signe de le suivre.

– Nous allons revenir dans l'après-midi. On ne peut pas décharger maintenant.

Je l'ai suivi aveuglément. Je n'avais pas le choix. J'étais de nouveau en confiance. Je n'avais plus que lui.

Nous sommes arrivés dans un restaurant à la devanture élégante. Nous nous sommes attablés et il a commandé un repas pour lui et des beignets pour moi, ceux dont je raffolais.

Notre estomac bien rempli, il m'a demandé :

– Veux-tu une glace ?

J'ai été tétanisé. Le souvenir de la glace qui avait précédé le douloureux moment des toilettes du parc s'est imposé. J'ai répondu :

– Non. Je n'aime pas les glaces.

En fait je n'aimais plus les glaces que j'avais associées à ces mauvais souvenirs.

Il a souri et a rajouté :

– Veux-tu autre chose ?

– Non. Merci. Je n'ai plus faim.

J'étais de nouveau inquiet. Il avait le sourire mielleux que je lui avais vu les premiers jours. Ce sourire cachait une roublardise que je décelais nettement. J'avais repris la conscience de mon corps. Je n'étais plus dissocié de lui. Je recommençais à ressentir la douleur. Je ne voulais plus être agressé.

Je ne m'étais pas trompé. Il s'est levé et m'a demandé de le suivre dans les toilettes.

– Non. Je reste là. Je n'ai pas envie.

– Tu vas me suivre.

Il me regardait maintenant méchamment. L'espace d'une fraction de seconde, j'ai pensé m'enfuir. Mais où aller ? Je ne connaissais rien de cette ville, je n'avais plus personne. Alors je l'ai suivi, les jambes flageolantes.

De nouveau, j'ai vu le regard du serveur qui m'a rappelé celui du jardinier du parc où j'étais allé dans les toilettes avec Bilal pour la première fois. Nous sommes entrés dans le sas. Le scénario que je connaissais maintenant s'est reproduit. Il m'a lavé les mains, je pense pour vérifier que personne n'était dans ce lieu, m'a fait entrer de force, m'a baissé le pantalon et j'ai eu le même mal.

J'ai compris à ce moment-là que c'était lui qui me faisait mal. Je ne m'étais pas blessé, mais c'était bien son intervention qui amenait la douleur. Je situais mieux cette douleur. Je savais qu'elle était dans mon intimité. Je ne connaissais pas le mot viol, mais j'en avais subi plusieurs, je le savais.

Nous sommes sortis des toilettes. Le serveur m'a regardé avec un air triste. Il savait ce qui venait de m'arriver. Il n'a pas bougé, il n'a rien dit. Bilal a payé la note et nous sommes sortis.

La douleur était moins forte. Mon esprit était plus vif. J'avais la capacité de réfléchir. Encore paralysé par mon état physique et psychologique, je n'avais pas la force de me projeter vers l'avenir. Impossible d'organiser une défense. J'étais soumis à Bilal et j'allais le suivre.

10

Nous sommes retournés à Peshawar avec un autre chargement, puis nous sommes repartis vers d'autres villes. Nous avons quadrillé le Pakistan, en visitant ses multiples villes.

J'étais émerveillé par les mosquées toutes aussi belles les unes que les autres. Les grandes avenues d'Islamabad m'ont tout d'abord effrayé. Elles étaient très larges, trop animées. Puis j'ai aimé, c'est une ville qui apporte une grande modernité. J'étais heureux lorsque je savais que nous allions dans cette capitale. Bilal m'achetait des vêtements que je ne voyais pas à Peshawar. Les restaurants étaient luxueux et nous y mangions à l'occasion.

Régulièrement, je savais que je devais supporter ses assauts qui me révulsaient. C'était la condition pour vivre dans ce qui était à cette période un luxe. Je n'envisageais pas de rentrer chez moi, mon chez-moi était devenu la cabine du camion.

Parfois, je pensais à mon frère Ali. Pourquoi n'était-il pas revenu me chercher comme il me l'avait promis ? Je l'ai attendu si longtemps, il est peut-être venu alors que j'étais parti. Je me persuadais qu'il avait eu un problème grave qui l'en avait empêché.

À d'autres moments, je m'interrogeais sur ses intentions lorsque nous étions venus tous deux dans la gare. Là encore, je me persuadais qu'il avait à faire une chose importante ou qu'il avait à rencontrer une personne.

Ces questions-réponses tournaient dans ma petite tête d'enfant, sans que la vérité ne puisse être envisagée.

Je n'avais pas le choix, j'ai accepté cette nouvelle vie. J'étais écœuré par Bilal, mais j'étais également heureux de pouvoir manger bien mieux que lorsque je vivais avec mes parents. De plus, je voyageais, et ça m'était très agréable.

Lorsque nous étions à Mingora, une ville dans les montagnes de l'Himalaya, Bilal me laissait de longs jours seul. Il me donnait un peu d'argent et je devais dormir dans la gare. J'ai compris plus tard qu'il avait une famille et des enfants. Il allait les voir pour les fêtes musulmanes.

C'est là que j'ai rencontré Ejaz. Il dormait tout comme moi, seul dans la gare routière. Il avait un ou deux ans de plus que moi. Je pense qu'il avait autour de douze ou treize ans. J'avais grandi, je vivais avec Bilal depuis plusieurs mois, ou plusieurs années.

J'étais heureux de retrouver Ejaz lorsque je savais que nous allions à Mingora. Il vivait également avec un conducteur de camion. Il y avait d'autres jeunes garçons qui partageaient notre mode de vie. Je les croisais à l'occasion d'arrêts dans les gares. Officiellement, ils apprenaient le métier. Pour certains, c'était la vérité, Bilal ne m'avait pas encore enseigné la conduite. Il me donnait l'ordre de descendre lorsque nous étions à des checkpoints afin que j'aille faire tamponner le carnet de route. Les policiers n'ont jamais questionné sur ma présence, c'était pratique courante. Il m'enseignait quelques rudiments de mécanique, il me faisait porter des paquets lorsque ma petite taille le permettait.

Ejaz était seul dans la gare lorsque son patron, comme il le nommait, allait lui aussi dans sa famille. Je le voyais à chaque fois que nous faisions une halte dans cette ville. Nos deux conducteurs rentraient chez eux pour voir leur famille, à l'occasion des fêtes musulmanes. Ils étaient tous deux musulmans, je savais donc que j'avais une chance de le voir à cette occasion.

Alors que nous étions heureux de nous retrouver, un jour de fête, Ejaz m'a proposé d'aller au cinéma. Je ne savais pas ce qu'était un cinéma. Je savais juste ce qu'était un film. J'avais eu l'opportunité d'en voir sur les écrans des commerçants qui entouraient nos lieux de repos. Certains me faisaient entrer dans leur arrière-boutique où je dégustais avec délectation les films de Bollywood et d'Hollywood, ainsi que des baklavas.

Je n'ai pas osé avouer à mon ami que je ne savais pas ce qu'était une salle de cinéma. Je l'ai suivi malgré tout.

Nous sommes arrivés sur une avenue passante que je ne connaissais pas. Après avoir marché dix à quinze minutes, nous étions devant ce que j'ai cru être une très haute boutique. J'étais habitué aux magasins de vêtements sur plusieurs étages, typiquement pakistanais. J'ai vu de chaque côté de la devanture, des photos gigantesques de femmes dont la beauté était inégalable. Des hommes à la barbe bien taillée étaient également affichés sur ces immenses posters. Nous étions à l'entrée du cinéma. Ejaz a payé nos deux places et nous avons pénétré par un petit couloir très sombre. La salle m'a paru immense, je ne pouvais distinguer l'alignement des sièges. Elle n'était éclairée que par les images sur la toile.

Je venais de découvrir les joies cinématographiques.

Je me suis délecté de ces instants avec délice. Ejaz m'avait fait un beau cadeau.

En sortant de la séance, il m'a proposé d'aller se faire un « trip ». Une fois de plus, je ne savais pas ce qu'était un « trip ». J'ai répondu « oui » pour ne pas paraître inculte.

– Viens, m'a-t-il dit, je connais un type qui en a de la bonne.

– Ah. C'est bien.

Toujours dans l'ignorance de ce qu'était « de la bonne », je l'ai suivi en faisant mine de me réjouir de cette bonne nouvelle.

– C'est juste derrière, dans la petite rue. Tu as quelques roupies ? Il me connaît et il me la laisse pas trop cher. Si tu es nouveau client, il est parfois gentil et tu pourras en avoir gratuitement.

– Oh. C'est sympa de sa part.

J'étais toujours dans l'ignorance de ce dont il me parlait.

Nous avons pris une rue sur la droite, puis une autre plus étroite et enfin un chemin très étriqué entre deux maisons.

Cet homme était dans une petite pièce à l'étage. La porte était fermée et j'ai remarqué qu'Ejaz a frappé deux fois rapidement, deux fois lentement, et de nouveau deux fois rapidement. C'était un code. L'ambiance m'a fait comprendre que nous étions dans un lieu que la police ne devait pas connaître.

La porte s'est entrebâillée sur un petit appartement sombre, peu entretenu et surtout malodorant. Les fenêtres étaient obstruées par un drap, plus du tout blanc.

– Une, c'est possible ?

Ejaz n'a pas salué l'homme qui nous a fait entrer, ni celui qui était assis au sol devant nous. Il a directement parlé avec l'air de celui qui connaît le fonctionnement. Nous étions dans une pièce dont la porte du fond donnait sur une autre pièce. L'homme assis s'est levé, sans répondre, et il est allé dans la deuxième pièce. J'ai entendu quelques palabres. Il est revenu en nous faisant signe d'entrer.

Ejaz a paru satisfait, presque honoré par ce privilège.

– Ejaz, mon petit, je suis heureux de te voir.

Nous étions devant un homme d'un âge certain. Il avait les cheveux gris. Il portait un embonpoint qui se localisait essentiellement sur son ventre. Il était à demi allongé sur un matelas à même le sol. L'odeur de la pièce était faite de sueur, de renfermé et d'épices. Sur le sol, on apercevait un plat en partie consommé. Je distinguais une autre odeur que je ne connaissais pas, et que j'ai trop souvent rencontrée par la suite.

– Alors, petit. Tu m'as amené ton copain ? Comment s'appelle-t-il ?

– Il s'appelle Hicham, Sahib.

– Il ne peut pas parler ton ami ? Dis-moi comment tu t'appelles.

– Hicham, sir.

– Appelle-moi Sahib. Et qu'est-ce que tu fais dans la vie ?

– J'apprends le camion.

– Tu apprends le camion ? Tu apprends à conduire, tu veux dire ?

– Euh ! Oui.

– Et comment tu apprends ?

– Avec Bilal. Je le suis dans ses déplacements.

– Ah ! Je comprends.

Son visage est devenu sombre, sa bouche a fait une moue désapprobatrice et il a dit :

– Je vois.

Ejaz ne disait rien, il ne me regardait pas non plus.

– Et tu veux goûter ?

Face à mon mutisme, mon ami m'a fait signe des yeux de dire oui. Il a légèrement bougé la tête, ce qui voulait dire :

– Je t'expliquerai après.

Alors j'ai répondu :

– Oui, sans rien rajouter.

Tout en restant sur sa couche, Sahib a crié en direction de celui qui nous avait fait entrer. Nous avons reçu deux petits paquets d'une poudre blanche bien mystérieuse à mes yeux.

– Pour aujourd'hui, c'est gratuit. Vous paierez la prochaine fois. Faites un bon trip.

Nous sommes repartis avec chacun notre petit paquet.

Alors que nous étions dans la rue principale, il m'a simplement dit :

– Je connais un endroit tranquille pour se le faire. Suis-moi.

Je ne devinais toujours pas ce « qu'on allait se faire », mais je l'ai suivi.

11

Ejaz a déambulé au travers de rues qui m'étaient inconnues. Nous avons marché longtemps. Il ne parlait pas. Il paraissait soucieux. J'ai reconnu, dans ses yeux, la lueur que je connaissais chez Bilal, lorsque nous attendions dans un restaurant de qualité. J'y voyais le désir et le plaisir qui se mélangeaient.

Nous sommes arrivés sur un terrain vague, sale et peu entretenu, agrémenté de nombreux arbres. Des jeunes gens étaient installés à l'ombre. Certains discutaient mollement, d'autres étaient allongés et roulaient sur eux-mêmes de droite et de gauche. Leur attitude était étrange, leur regard était hagard, leurs vêtements particulièrement souillés.

Dans les différentes gares que nous avions traversées, Bilal et moi, j'avais remarqué des adolescents et des adultes que je qualifiais de zombis. Je ne m'étais pas vraiment demandé ce qui avait provoqué leur état. J'avais simplement pensé que nous naissons inégaux, certains sont riches, d'autres sont pauvres. De même que je m'étais imaginé que certains sont vifs d'esprit et d'autres sont des zombis.

Ejaz s'est avancé vers un petit coin, près d'un muret en ruine. Il s'est assis, toujours très sérieusement et m'a intimé l'ordre d'en faire autant. Il avait le visage grave. Il me regardait avec sérieux, le sérieux de ceux qui s'apprêtent à concrétiser un acte important. J'étais toujours dans l'ignorance de ce que nous faisions. Il a sorti une feuille de papier, deux stylos et il leur a enlevé la mine. Il avait maintenant dans ses mains, deux tubes transparents.

C'est à ce moment-là que l'instinct de survie, qui me sauvera à de nombreuses reprises, s'est invité en moi. Ejaz avait une attitude trop mystérieuse pour que nous soyons dans un lieu et dans une action qui me sécurisaient. Je me doutais que j'empruntais un terrain glissant, qui allait m'emmener vers des regrets. Mon esprit s'est affolé. Il fallait fuir. Ma vie était peut-être en danger.

– Qu'est-ce que tu fais ? lui ai-je demandé.

– T'inquiètes pas, tu vas voir.

– Mais dis-moi pourquoi tu verses cette poudre sur la feuille.

– Tu ne connais pas ? Tu n'en as jamais pris ?

– Non.

– Tu vas voir. C'est génial. Après, tu te sentiras fort.

Ma gorge était nouée. Je n'ai pu sortir un seul mot. Je savais que je ne devais pas le suivre dans cette aventure.

Mes pensées se sont mises à courir dans tous les sens, alors que mes jambes restaient paralysées. Que devais-je faire ? Partir ? Rester ? Rester et refuser ? Abandonner le seul ami que j'avais sur terre ?

Je ne parvenais pas à me décider. Ejaz était la seule personne qui existait dans ma vie en dehors de Bilal. Le second m'apportait le gîte et le couvert, les voyages et la découverte du monde, l'autre était une référence affective. Il était mon ami et je ne voulais pas le perdre. Il me répétait que j'allais être libéré de mes douleurs avec ce produit.

Oublier que j'étais le jouet des pulsions de Bilal était tentant. J'avais accepté mon sort entre ses mains vicieuses, puisque je n'avais pas le choix. Ses ignobles assauts me torturaient dans ma chair et dans mon âme.

Alors je suis resté et j'ai accepté de suivre Ejaz dans son « trip » comme il l'appelait.

Il m'a donné le stylo débarrassé de sa mine, la feuille sur laquelle il avait aligné la poudre et il m'a dit :

– Sniffe.

– Mais comment veux-tu que je sniffe avec un stylo ?

– Tu le mets au bord de ta narine et tu sniffes.

J'ai mis mon nez sur le tube, j'ai reniflé. Première tentative totalement infructueuse, car je me suis mis à tousser comme un poitrinaire.

– Non. Tu dois faire comme ça, m'a dit Ejaz.

Il était manifestement très expérimenté. Son geste était précis.

Je l'ai donc imité et j'ai pu entrer dans la famille des sniffeurs d'héroïne.

Après quelques minutes, j'ai ressenti les effets du produit. Mes muscles se sont décontractés, mon esprit a été nettoyé des idées sombres qui me poursuivaient. Je n'étais plus l'esclave sexuel de Bilal. J'étais maître de mon sort, le capitaine de mon destin. J'étais fort et j'allais conquérir le monde. Ce rêve éveillé m'a donné des sensations inexplicables. J'étais bien, comme je ne l'avais jamais été. J'étais soudainement rempli de joie et d'espoir pour une vie meilleure.

Après une heure ou deux, peut-être plus, peut-être moins, j'avais totalement perdu la notion de temps. Nous sommes retournés à la gare où Bilal me cherchait. Il était contrarié de constater que je m'étais absenté. Il me voulait à son service, totalement dévoué. Nous sommes repartis sur-le-champ, après être allés aux toilettes pour ses horribles pratiques.

L'effet de la drogue était tombé. J'étais anéanti par le sort qui s'acharnait contre moi. Je n'avais plus qu'une seule envie, c'était de reprendre de l'héroïne pour oublier qui j'étais.

12
aujourd'hui

Une fois de plus, je suis éreinté d'écrire. Mon passé est trop lourd. Je suis fatigué. Mes souvenirs m'assaillent. Est-ce que l'idée de mettre sur papier toutes ces horribles souffrances, est une bonne idée ? Dans quel but ? Pourquoi le faire ? Pour me soulager ?

Aujourd'hui, je ne suis pas soulagé, mais au contraire, je suis accablé. J'étais cet épouvantable esclave sexuel et ceci pendant plusieurs années. Pourquoi mon frère Ali n'est-il pas revenu me chercher alors que je l'attendais, assis sur le petit mur de la gare ?

Je vais laisser ce manuscrit. Ma vie avec ma famille, mes enfants, mon métier me passionnent. Ils sont devenus le centre de mes envies. Je renonce à écrire. Je vais me concentrer sur le présent et le futur. Je laisse la page vide et je pars demain dans le centre pour enfants. Je ne reprendrai pas ce récit qui me détruit plus qu'il ne me ressource.

***

Hier, j'ai abandonné l'idée de raconter mon enfance. Me voici maintenant avec Amina la responsable du centre. Elle s'occupe des enfants qui arrivent chaque matin, mais également de ceux qui sont hébergés par nos soins. Nous avons une structure à quelques rues de notre lieu d'accueil, où nous pouvons faire dormir une trentaine d'enfants. Il y a des lits, une salle à manger et une cuisine.

Ce matin, Amina est désespérée. Comme chaque jour, elle a renvoyé à leur triste destin, plusieurs enfants. Contre notre gré, nous n'avons pas trouvé d'autres solutions. Nos capacités d'accueil sont trop faibles.

– Hicham, je n'en peux plus de voir ces bambins qui repartent sans que nous n'ayons pu faire quoi que ce soit pour eux.

– Je sais Amina, c'est triste. Je cherche des solutions. Je sais que tu es en première ligne et que c'est toi qui as la malheureuse charge de les renvoyer.

– Oui. Je suis tellement désolée pour eux.

– J'ai encore demandé un rendez-vous avec le ministre de la Santé. Mais tu les connais ces ministres, ils se font tirer les oreilles. Je crois qu'il préfère aller jouer dans le nouveau golf d'Islamabad. Je ne sais plus quoi faire.

– Est-ce qu'il serait possible de contacter une association humanitaire étrangère, américaine, allemande, française ?

– Tu as certainement raison, Amina, mais pourquoi notre gouvernement ne fait rien ? C'est un scandale de voir cela. Nous devons toujours attendre des étrangers et nous ? On fait quoi pour nos propres enfants ?

Amina a sans le vouloir, touché un point sensible. Depuis que j'ai ouvert le petit dispensaire avec ma femme, aidé par une association allemande, je n'ai cessé de demander des subventions à notre gouvernement. J'ai entrepris une série de démarches dans notre région, notre département ou même dans d'autres départements. Je n'ai reçu que des aumônes, après avoir perdu un temps précieux, qui aurait été plus utile à mon activité de médecin des pauvres comme des riches.

J'ai initié plusieurs programmes de charité, afin de recueillir quelques roupies pour payer les factures. Noor, ma femme, est particulièrement efficace dans l'organisation de ces manifestations. Elle excelle dans la relation publique. Elle aime la musique. Elle a des contacts, autant chez les virtuoses de la musique traditionnelle pakistanaise que chez les chanteurs modernes.

Ces programmes représentent la majorité de nos rentrées d'argent. Toutefois, nous avons remarqué que nous ne pouvions abuser de cette solution. Les Pakistanais sont aussi des personnes généreuses. Je dis aussi, puisque la corruption est un sport national, bien plus pratiquée que le criquet.

– Il faut agir. Je n'ai pas pu payer le marchand de légumes. Il menace de ne plus nous livrer. J'ai commandé les médicaments que vous m'avez demandés. Ils ne sont toujours pas arrivés. Je crains que le pharmacien n'attende que nos dernières factures soient payées.

– Je sais, Amina, je sais.

Elle se tait face à mon désarroi. Je suis abattu par mon incapacité à satisfaire les besoins des enfants. Je suis enragé intérieurement. La corruption de mon pays détruit ces petits. Elle m'a détruit quand j'étais enfant, puisque depuis des dizaines d'années rien n'a été fait. Je suis malheureux de voir que l'innocent que j'étais est maintenant devant moi. Ces enfants viennent me voir dans l'espoir que leur SOS sera entendu. Ils subissent le même sort et pourtant, nous les renvoyons à leur destin tragique.

Une fois de plus, je repense à Bilal, à Ejaz, à Ali.

Mes souvenirs me dominent, ils me rongent de l'intérieur, ils me hantent.

C'est vraiment très difficile.

13

Je reviens vers vous, je reprends mon manuscrit. J'ai besoin de continuer mon récit. Je me sens bien après avoir écrit. Je me déleste de mes souffrances en vous les confiant.

Après mon escapade pour mon premier « trip », Bilal et moi, nous sommes repartis pour de nouvelles livraisons. Nous avons sillonné les routes du Pakistan. J'aimais ces voyages. Chaque livraison apportait son lot de diversité. Nous avons traversé de longues étendues désertiques inhabitées, des routes où les villages se succédaient, d'autres paysages plus verdoyants. Je connaissais maintenant les principales grandes villes.

J'ai pensé avoir de la chance de pouvoir connaître autant de choses. Bilal me rappelait régulièrement à quel point, il était un homme généreux. Grâce à lui, je mangeais à ma faim, parfois dans de beaux restaurants. Nous logions dans des auberges luxueuses. Je les comparais à la pièce qui nous servait d'habitation, avant ma rencontre avec lui. La différence était abyssale. De plus, mes vêtements de qualité m'enchantaient.

Ce sont ces mêmes vêtements qui m'ont trahi. Les années ont passé, lorsqu'il m'a fait remarquer la transformation de mon corps.

– Tu as grandi. Il faut encore que je t'achète un nouveau pantalon.

Le ton réprobateur de Bilal ne m'inspirait rien de bon. Il insistait beaucoup trop sur le « encore » pour que je sois rassuré.

J'étais à ses côtés depuis plus de six années. Chaque année, il s'était fait un point d'honneur à me vêtir de pantalons et de tuniques de bon goût. Je pouvais choisir sous son contrôle, des habits pakistanais ou jeans modernes. Il en prenait plusieurs afin de pouvoir les laver. Il me voulait propre et présentable. J'étais fier de mon apparence honorable. J'avais remisé la honte qui m'envahissait, enfant, lorsque je devais me présenter devant mon institutrice. Je savais alors que tous mes efforts ne pouvaient me donner une apparence digne d'elle. Je pensais que le soin qu'apportait Bilal à mon apparence était une marque de tendresse. Je lui rendais grâce de me fournir un confort auquel je n'aurais jamais eu accès, sans lui. Il est vrai qu'il me le rappelait obstinément, en particulier au moment où il voulait que j'accepte ses pratiques répugnantes.

Mon corps s'était développé en hauteur et en largeur. Mes muscles s'étaient épaissis. J'avais une ou deux fois esquivé les gestes désobligeants de mon protecteur.

– Tu grandis. Tu deviens fort, m'a-t-il dit.

Je pressentais qu'il n'aimait pas ce corps devenu adolescent. J'avais remarqué qu'il s'absentait parfois avec d'autres enfants. J'en étais terriblement jaloux. Ce lien pervers, qui nous unissait, était ma garantie. Je comprenais qu'il s'éloignait de moi. Il aimait les jeunes garçons, avant qu'ils ne deviennent adultes. Il pouvait ainsi avoir un pouvoir total sur eux. Il aimait leur visage d'ange.

Aujourd'hui, je me dis que c'était un monstre, malheureusement un monstre qui n'était pas isolé dans les gares pakistanaises.

Après ma première prise d'héroïne, je n'avais plus la possibilité de m'en procurer. Bilal me donnait un peu d'argent, mais je ne savais pas où je pouvais en acheter sur Peshawar. J'avais mis mon énergie à oublier ces instants, où le monde m'était apparu merveilleux, où je m'étais senti puissant. Cette sensation, donnée par la prise de cette substance, était inoubliable. Plus elle s'éloignait de moi, plus j'avais envie de retrouver ce ressenti. C'était devenu une obsession.

Le nombre de jours où il me laissait seul dans les gares, était de plus en plus long. Au début de notre vie à deux, il s'absentait quelques heures. Il revenait vite, comme un parent inquiet pour sa progéniture. Puis, il m'a laissé un jour entier, puis un jour et une nuit, et plus. Il était certain que j'étais dépendant de lui et que je ne m'échapperais pas. Depuis un an, j'étais livré à moi-même de longues semaines. Il choisissait d'entreprendre des voyages sans moi, avec d'autres garçons bien plus jeunes.

La fin de mon règne était proche.

– Où vas-tu ? Pourquoi est-ce que tu me laisses ?

Malgré les infamies que je subissais par sa faute, j'étais attaché à lui. Il était le seul adulte que je connaissais, avec qui j'avais partagé de nombreuses années. Il me nourrissait, il m'apportait ce dont j'avais besoin. J'étais perdu sans lui.

– Je te donne de l'argent. De quoi te plains-tu ? Tu as tout ce dont tu as besoin ?

Oui. Lorsqu'il s'absentait longtemps, il me donnait une somme d'argent suffisante pour pouvoir vivre. J'interprétais cette attention comme un geste d'affection. Il était soucieux de ne pas m'abandonner comme Ali, mon frère, l'avait fait. Aujourd'hui, je pense qu'il voulait me garder pour les jours de disette sexuelle. Il ne trouvait pas chaque jour un enfant à violer. Cet homme était vraiment une ordure.

C'est comme cela que je me suis retrouvé seul à Peshawar, ma ville natale, avec une petite somme d'argent. L'envie de reprendre de l'héroïne était devenue impérative. Il fallait que j'en trouve et que je me fasse un nouveau trip. Avec les années, j'avais pu distinguer les jeunes hommes qui en prenaient. Ils étaient parfois rieurs, à d'autres moments abattus. Ils étaient surtout plus minces, quand ils n'étaient pas maigres, et d'une pâleur très reconnaissable.

Je me suis avancé vers un de ces hommes avec le visage d'un héroïnomane.

Après quelques palabres, je lui ai dit :

– Je ne me sens pas bien. J'ai le moral à zéro.

– Oh ! Pourquoi ?

– La vie est difficile, mon frère.

– Oui, je sais.

Je l'ai vu réfléchir. J'avais jeté mon hameçon et j'avais une prise.

– Je connais un truc pour te redonner le goût de la vie.

– Ah bon ? C'est quoi ?

– Suis-moi.

Je n'avais plus revu Ejaz, mon ami de Mingora, « ami », c'est ce que je m'étais imaginé. Je l'avais aperçu un jour de solitude, alors que Bilal était auprès de sa famille. Il a changé de direction lorsqu'il m'a vu. Je n'ai pas compris tout de suite cette étrange attitude. Avec les années, en côtoyant d'autres toxicomanes, j'ai compris leur mode de séduction. Un nouvel arrivant, sain, a toujours une première dose gratuite. Le recruteur a également sa dose. C'est comme ça, que de nombreux dépendants à la drogue peuvent avoir de la poudre sans payer. Je savais que l'argent que m'avait laissé Bilal me serait utile. En faisant croire que je ne connaissais pas l'héroïne, j'allais avoir une dose gratuite.

Mon nouveau guide s'est dirigé vers des petites rues que je savais mal famées.

– N'aie pas peur. Tu vas voir. Après, tu seras bien.

– Mais qu'est-ce que c'est ? Où est-ce que tu m'emmènes ?

– Ne t'inquiète pas. Tu ne crois pas que je vais te faire du mal ? Tu m'as souvent vu dans la gare de Peshawar.

– Oui, je te fais confiance.

J'ai volontairement pris l'attitude du naïf qui ne savait pas ce qui allait se passer. Mon but était d'avoir une dose gratuite. Nous sommes arrivés dans une pharmacie, à mon grand étonnement. Une pharmacie qui vend de la drogue, n'était pas dans mes références. À l'accueil, il y avait une femme rondelette au regard soupçonneux. Mon guide a dit deux mots que je n'ai pas distingués. Elle nous a fait signe de passer dans l'arrière-boutique.

J'ai revu le même scénario que pour mon introduction dans le monde de la drogue, alors que j'étais avec Ejaz. Un homme était dans la pièce au fond et m'a posé les mêmes questions. J'ai répondu avec l'air de celui qui ne comprenait pas ce qui m'arrivait et nous sommes tous deux repartis avec notre petit sachet de poudre blanche, gratuitement.

J'étais heureux, j'allais me faire un trip, j'allais être fort, grand et le monde allait être à mes pieds.

14

Et c'est ce qui s'est passé. Le trip a été un bonheur inégalé. Grâce à mon guide « très attentionné », j'ai pu me mettre dans un abri loin du regard des passants, sous un pont, avec d'autres adeptes de l'héroïne. Une fois de plus, je n'ai pas pu mesurer le temps resté dans ce lieu, une heure ou un jour. Je me suis senti bien. J'ai oublié que j'étais l'esclave sexuel de Bilal, que ma famille était loin de moi et que je ne reverrai probablement plus mon institutrice.

Sorti des bienfaits apparents du trip, je me suis levé pour rejoindre la gare où m'attendait Bilal, du moins je l'espérais. Il faisait nuit noire. J'étais un zombi qui déambulait dans les ténèbres. Je suis arrivé dans une station de bus totalement endormie. Comme je le faisais depuis des années, je me suis installé avec les autres camionneurs sur un drap de fortune.

Les effets de l'héroïne, qui m'avaient fait croire que j'étais le roi du monde, ont disparu. La réalité de ma vie s'est imposée, malgré moi. Je n'étais qu'une chose dans les mains d'un pédophile. Je me suis détesté, rejeté. Je voulais me fuir, quitter mon corps. Mais, comment se fuir quand on est incarné dans le corps d'un adolescent perdu au milieu d'une gare à Peshawar.

J'ai pleuré, beaucoup pleuré. Mon voisin de lit de fortune s'est réveillé, m'a regardé d'un air désapprobateur. Je l'avais réveillé. J'ai continué à pleurer en silence.

Mon corps était maintenant endolori. Le manque d'héroïne avait décidé de se mettre en marche afin que le piège de la dépendance s'installe inexorablement.

Le petit jour est arrivé. J'avais besoin de me refaire un trip. J'ai tourné en rond dans la gare. Un des camionneurs que je connaissais est intervenu :

– Ça va mon grand ? Qu'est-ce que tu as ?

– Rien de grave. J'ai dû manger une saloperie.

– Ah ! Va t'acheter un jus de citron salé, ça te fera du bien.

– Oui.

Sur ce, je me suis mis à rendre tout ce que j'avais dans le ventre, c'est-à-dire pas grand-chose. Je n'avais pas mangé la veille ni le matin même. Le camionneur m'a regardé avec compassion :

– Tu es certain que tu vas bien ?

– Ne t'inquiète pas. Ça va aller.

– Je te le dis, va t'acheter un jus de citron salé. C'est bon pour ce que tu as.

Je n'avais pas du tout envie d'ingurgiter cette mixture, mais pour qu'il me laisse tranquille, j'ai suivi ses conseils. Il avait raison, je me suis réhydraté et mon corps s'est calmé quelques instants.

Je suis retourné m'asseoir sur le petit mur comme je le faisais très souvent. C'était le même petit mur sur lequel j'avais été assis durant plusieurs jours avec le vain espoir du retour de mon frère Ali. Je le faisais méthodiquement quand j'attendais Bilal. Il revenait toujours. Ce mur était devenu mon ami.

Et en effet, il est arrivé.

– Je t'ai cherché hier. Où étais-tu ?

– Je suis allé faire un tour en ville.

– Un tour en ville ? Et tu as vu de belles choses ?

Son regard était soupçonneux. Il fronçait les sourcils.

– Tu n'as rien fait d'autre ? Juste te promener durant une journée entière ?

– Oui. J'ai juste déambulé dans les rues.

– Et j'imagine que tu as oublié de manger. Tu es tout pâle.

Je n'ai rien répondu, j'ai baissé la tête pour ne pas soutenir son regard accusateur.

– Viens, suis-moi.

Bilal s'est alors dirigé dans les toilettes, persuadé que j'allais le suivre. Après quelques jours, il voulait, comme il le faisait toujours, libérer l'engorgement de ses testicules. Je lui ai emboîté le pas, mais j'ai ralenti, puis je me suis arrêté. Non, je n'en pouvais plus. Je ne voulais plus subir ses agressions. La drogue m'avait montré que j'étais fort et j'allais mettre ma force pour m'opposer à lui.

– Je suis fatigué. Aujourd'hui, je ne veux pas.

Bilal m'a regardé stupéfait.

– Comment ça, tu ne veux pas ?

– Non. Aujourd'hui, je suis fatigué. Je suis malade. J'ai dû manger une cochonnerie.

Il m'a regardé avec un étonnement que je ne lui avais jamais vu. Il a poursuivi avec une moue méprisante.

– Et ça t'empêche de te faire enculer. Tu n'es qu'une petite pute. Tu vas me suivre. Je ne demande pas si tu veux ou pas. Tu es avec moi pour ça. Tu as compris.

Ses mots ont pénétré mon esprit plus que mon corps. Il s'est approché de moi et m'a pris le bras.

– Tu ne crois pas que je te nourris, je t'habille depuis des années, pour que maintenant, tu refuses de m'obéir. Tu peux m'être utile pour le camion et tu penses que tu vas me résister ? Tu n'es rien, tu n'es qu'une merde.

J'étais tétanisé, soufflé, anéanti. Impossible de résister à une attaque aussi forte. Je l'ai suivi et il m'a pénétré.

J'étais tout aussi démoli que la première fois, dans le parc, alors que j'avais espoir qu'il me ramène chez moi. Je ne parvenais pas à rassembler mes esprits. Une fois de plus, il avait pris le dessus. J'étais sous domination, sous emprise. J'étais dans une apparente liberté, mais je n'avais que la liberté de lui obéir. Nous sommes montés dans le camion. Il a semblé heureux d'avoir gagné la partie. J'étais affaissé sur mon siège.

Cet horrible moment a mis en évidence ma dépendance et ma faiblesse. Alors que la veille, j'avais rêvé à mon autonomie, j'étais maintenant dans un état de terreur intérieure, qui m'empêchait toutes velléités de liberté. Mais le pire, était que l'attachement que j'avais envers lui était visiblement une illusion. Au fil des années, je lui avais pardonné ses déviances sexuelles, tout en espérant qu'elles s'arrêtent un jour. Je lui étais reconnaissant de m'avoir recueilli, de m'avoir nourri et habillé. Je m'étais attaché à lui comme on s'attache à un père ou à un grand frère, en acceptant les défauts qu'ils peuvent avoir. Ce jour-là, il m'a montré que je n'étais qu'un objet, une poupée pour laquelle il n'avait que mépris.

C'était pire que tout ce que j'avais vécu jusqu'alors.

15

Nous sommes repartis pour une livraison. Après plusieurs années passées dans la cabine du camion, l'expérience me permettait de deviner si le semi-remorque était lourdement chargé ou pas. Le moteur ronflait avec force, il était évident que nous allions décharger des colis lourds, probablement des machines agricoles. Je savais aussi que je serais à la tâche. Bilal allait me laisser gérer l'opération avec quelques jeunes, perdus comme je l'avais été.

– Nous allons à Mardan, m'a-t-il dit. Nous allons faire l'aller-retour dans la journée.

Mardan était une petite ville peu éloignée de Peshawar. Nous y allions très souvent. De là partaient d'autres véhicules motorisés, plus adaptés aux montagnes de l'Himalaya.

La route était criblée de nids de poule. Bilal braquait avec force le volant, de droite et de gauche. Il pensait ainsi éviter à son véhicule d'être endommagé. Le châssis avait été réparé, ou plutôt rafistolé à plusieurs reprises. Les secousses pouvaient fendre les soudures. Il redoutait que les pneus soient endommagés au contact des aspérités de la route.

Ce trajet m'a semblé durer une éternité. J'étais exténué par l'épreuve de la matinée, par le manque de nourriture et d'héroïne que mon corps réclamait. L'atmosphère entre nous deux était glaciale. Il jurait, il m'invectivait, en prétextant que mon attention était celle d'une carpe. Il assurait que j'aurais pu le prévenir d'un trou ou d'une bosse. Je me sentais endolori physiquement, autant que dans mon cœur et mon âme. J'aurais voulu disparaître. J'ai espéré un accident qui m'aurait fait perdre la vie.

Nous sommes arrivés sains et saufs à Mardan, à mon grand désespoir.

– Tu vas décharger le camion. Et bouge-toi. Tu as l'air d'une chiffe molle. Tu me fais honte.

Toujours aussi abattu, je suis descendu et j'ai ouvert les portes arrière. Comme je le pressentais, il y avait des machines que je ne pouvais transporter seul. Bilal a été fidèle à lui-même. Il m'a laissé gérer le déchargement.

Durant les années qui ont fait que notre relation a pu se maintenir, j'ai souvent travaillé avec plaisir. J'étais un enfant qui aimait se rendre utile. Je pensais ainsi, être important à ses yeux. Je voulais faire partie de son équipe. Il savait me faire plaisir, par des repas, des friandises, des habits. Nous étions ensemble et c'était ce qui comptait.

J'avais maintenant quinze ans, et la force de l'homme adulte se manifestait peu à peu. Je suis allé chercher de l'aide et nous avons déchargé les machines. J'ai choisi de donner des ordres comme un chef, afin que le matériel soit préservé. J'ai observé, dirigé, sans jamais porter une seule charge. C'était ça être un chef, commander et ne pas se fatiguer.

Puis, je suis allé m'asseoir, le travail fait, à la table où Bilal se restaurait. Il n'avait pas pris la peine de vérifier mon travail. Il se doutait que je l'avais accompli comme il le désirait.

Notre rituel était rodé depuis longtemps.

– Bahia, tu sers le petit.

Bahia, qui veut dire « frère », était pour le serveur que nous connaissions très bien. Lorsqu'il m'a désigné en disant

« le petit », j'ai réalisé que j'étais d'une taille plus haute que la sienne. Je n'étais plus un petit, mais un adulte.

Après le repas, nous sommes allés nous reposer sur les couches de fortune réservées aux camionneurs. Étrangement, il était distant. Alors que le matin, il semblait savourer la victoire de sa domination sur moi, je l'ai vu soucieux. Il réfléchissait. Il m'avait observé lorsque je donnais des ordres aux manutentionnaires. J'avais remarqué sa mine désapprobatrice. Il n'avait pas bronché face au supplément d'argent qu'il a fallu leur donner, puisque je n'avais pas travaillé. J'avais fait appel à quatre coolies au lieu de deux comme les autres fois.

J'avais retrouvé mon énergie et mon désir de m'affirmer. Je l'avais regardé avec autorité en lui demandant l'argent des salaires.

Je pense que c'est à ce moment-là, qu'il a compris que notre relation était entrée dans une nouvelle phase. Il a deviné qu'il allait devoir compter sur mon besoin d'affirmation.

Nous sommes rentrés en fin de matinée. Je n'étais plus affalé sur le siège de la cabine. J'étais droit et je n'ai pas hésité à rabrouer Bilal lorsqu'il me rendait responsable d'un problème sur la route.

Arrivés à Peshawar, il était dangereusement silencieux. Ma révolte était bien installée en moi. Je savais que je n'allais plus supporter ses attaques physiques et verbales. Il l'a également compris. Le camion à l'arrêt, nous sommes descendus et il m'a dit, comme à chaque fois qu'il pensait s'absenter quelques jours :

– Tiens. Tu as de quoi tenir pendant mon absence.

Il ne m'a pas regardé. Il m'a donné l'argent et il est parti.

Après quelques minutes, j'ai compté les roupies pakistanaises dans ma main. Il y en avait plus que d'ordinaire. J'ai pensé qu'il allait être absent pour plus d'une semaine.

J'étais heureux. J'avais le champ libre pour des promenades ou d'autres activités.

L'envie d'un autre trip s'est imposée. Le piège de la drogue se refermait tranquillement sur moi, avec assurance.

16

J'ai envisagé de renouveler l'espièglerie des deux dernières fois, trouver un drogué auquel je ferais croire que je n'avais jamais consommé. Mais ma réputation me devançait. Certains m'avaient vu vaporeux et personne n'est rentré dans mon jeu.

– Tu peux aller où tu étais déjà allé. Tu en as déjà pris. Tu sais comment ça fonctionne, m'a répondu un des héroïnomanes que j'ai accosté.

– Je n'ai pas beaucoup d'argent. On peut aller ailleurs, comme ça, tu auras ta dose.

– Tu as déjà les cernes de celui qui est accro. En plus, tu te tiens le ventre. Personne ne va croire que tu as une intoxication alimentaire.

– Comment vais-je faire ?

Je me lamentais. Je savais que les doses étaient très chères et que l'argent que m'avait laissé Bilal allait y passer en une fois.

– Tu fais comme tout le monde, mon vieux. Tu vas payer.

Je n'avais que deux solutions. Soit je me contraignais à ne pas en acheter pour me nourrir le temps du retour de mon protecteur, soit je cédais à la tentation. Je savais que je n'avais plus beaucoup pour mes repas. J'ai décidé de me passer d'héroïne.

Je suis parti en visite dans les rues de Peshawar. Je le faisais régulièrement dans l'espoir de retrouver le bidonville où se trouvait ma maison maternelle. J'ai marché, au hasard. J'ai emprunté les avenues larges que j'avais déjà visitées. Après quelques centaines de mètres, j'ai choisi de continuer sur de nouvelles artères. J'ai pensé qu'un jour ou l'autre, j'allais finir par retrouver les images de mon enfance.

Les premières années en compagnie de Bilal, avaient détruit l'estime que j'avais de moi-même. J'étais enfant et je m'imaginais que ma mère, ou pire, mon institutrice allait voir que j'avais subi l'infamie. J'étais, comme tous les enfants abusés, honteux et culpabilisé de ce qui faisait de moi une victime. Le temps faisant son œuvre, j'avais appris l'art du camouflage. Je pensais que mes habits de bonne qualité allaient leur faire croire que mon destin était honorable.

Ce jour-là, j'ai tourné sur une artère qui partait en angle obtus vers la droite. Je ne l'avais jamais explorée. J'ai avancé en regardant d'un côté et de l'autre. Aucun souvenir ne m'est revenu en mémoire. Ali était passé par des petites rues, probablement des raccourcis. Il avait probablement pris ces chemins de traverse, pour être certain que je ne retrouverai pas le retour.

J'ai avancé d'une marche lente. Cela me permettait d'observer tous les coins et les recoins. Je voulais m'assurer qu'aucun détail ne m'échappait. Après une demi-heure de marche, devant moi, j'ai aperçu une colline au loin. La forme m'était connue, sans que je puisse déterminer d'où me venait cette image. J'ai marché de plus en plus vite. J'étais maintenant certain d'avoir déjà vu ce paysage alors que j'habitais avec ma famille. J'ai reconnu la vue qui se présentait à moi, lorsque je partais rejoindre mon institutrice. Il fallait que je sorte du bidonville, que je le longe pour ensuite arriver dans une petite place où elle nous prodiguait les cours. Nous étions souvent en extérieur, quand la mousson s'en était allée.

« Mais c'est bien la même vue, mais où se trouve ma maison, mon quartier ? »

J'ai pensé si fort que je me suis dit que les passants m'avaient entendu.

J'ai marché quelques centaines de mètres. J'étais au bord d'un lotissement de résidences de luxe. Les clôtures étaient hautes, en fer forgé moulu, peintes d'or et d'argent. Les maisons étaient peu visibles, cachées par de grands murs. J'ai pu apercevoir des toits aux tuiles vertes. Certaines demeures, plus luxueuses que les autres montraient leur toit-terrasse. On pouvait voir pointer vers le ciel bleu, des parasols et des domestiques.

Mais où est-ce que je me trouvais ? J'étais certain que j'étais à proximité du bidonville de mon enfance.

J'ai marché encore et encore. Je suis passé devant d'autres bâtisses bourgeoises. Les gardiens armés me regardaient avec suspicion. Mon allure était correcte. J'avais grâce à la générosité relative de Bilal, des vêtements qui empêchaient de me classer dans la catégorie de ceux dont on doit se méfier. Les gardiens me surveillaient en me voyant observer les lieux avec insistance. À plusieurs reprises, je suis revenu sur mes pas. J'ai scruté la colline sur plusieurs angles. Je n'avais plus de doute, c'était la colline de mon enfance. J'ai peu à peu compris ce qui était arrivé, mais j'ai voulu en avoir le cœur net.

Alors que je déambulais dans ce quartier, j'ai remarqué un restaurant d'un standing moyen, dont les prix pouvaient entrer dans mon budget. Je suis entré et me suis installé à une table.

– Bonjour, voici la carte.

– Je prendrais juste un chaï et une omelette.

– Tout de suite, Sir.

Le serveur n'avait pas d'uniforme, comme dans les établissements haut-de-gamme que Bilal m'avait fait connaître. Le chaï, thé aux épices et au lait, se dégustait à tout moment de la journée. Les omelettes étaient régulièrement servies comme en-cas, dans la rue ou dans les lieux plus sélects. Ma commande ne l'a pas surpris.

Il fallait que j'en sache plus. J'ai réfléchi en attendant son retour des cuisines. Lorsque le repas a été posé sur la table, le pot de chaï, l'assiette avec une omelette et des toasts grillés, je me suis lancé vers une tentative de renseignements.

– J'étais venu il y a longtemps, avec mes parents, dans ce quartier. Ils ont fait de belles résidences.

– Oui. Sir. C'est devenu un beau quartier.

Malheureusement, le serveur s'est rapidement éloigné, comme son éducation le lui ordonnait. On lui avait appris à ne pas sympathiser avec le client. Seuls le patron et le gérant y sont autorisés. Mon omelette et les toasts terminés, j'ai fait signe que je voulais régler la note.

Toujours aussi courtois, il m'a apporté une petite boîte en bois sculpté, dans laquelle se trouvait une feuille mal déchirée d'un carnet, avec le prix à payer. De nouveau, il s'est effacé pour me laisser poser les roupies dans la boîte en toute discrétion. Je l'ai appelé afin qu'il récupère son dû.

Cette démarche était inhabituelle. Dans les restaurants prestigieux, le client sort avant que le restaurateur ne contrôle la somme laissée. Il se doit de faire confiance puisque nous sommes censés être des gens honnêtes.

J'ai tenté une deuxième question. J'ai imaginé inventer l'existence d'un ami que je n'avais pas vu depuis longtemps.

– Je cherche Monsieur Saïd Muhammad Khaw.

– Je ne vois pas, je ne connais pas cette famille.

– Les lieux ont tellement changé que je ne reconnais plus rien. C'est un ami de mon défunt père et je voulais lui faire une visite amicale. J'étais un enfant et je me souviens d'un tendre Monsieur. Mon père est décédé il y a quelques mois et je pensais lui en faire part.

– Je vais appeler le propriétaire. Il en sait probablement plus que moi.

J'ai vu arriver un vieil homme bedonnant. Il m'a regardé avec générosité. J'ai senti un fond d'espièglerie et de dureté sur ses traits.

– Bonjour, jeune homme. Qui cherches-tu ?

– Monsieur Saïd Muhammad Khaw.

Sans aucun scrupule, j'ai réitéré mon mensonge. Je n'avais jamais connu d'individu de ce nom.

Le vieil homme m'a regardé tout d'abord avec compassion.

– Je suis désolé, jeune homme, je ne connais personne de ce nom. Es-tu certain que tu ne te trompes pas ?

Son intelligence vive avait rapidement deviné ma supercherie. J'ai toutefois persisté.

– Il me semble que c'est dans ce quartier. À l'époque, pas très loin, il y avait un bidonville. Il se plaignait souvent de cette proximité.

Le vieil homme me regardait maintenant avec une totale méfiance.

– Le bidonville était en face. Ils l'ont rasé il y a quatre ans et ils ont donné le terrain au gouverneur et sa famille.

– Ah ! C'est pour cela que je ne reconnais rien.

J'en avais la confirmation. Le bidonville avait disparu, mon enfance s'était envolée. J'en étais maintenant certain, je ne reverrai plus ma mère, mon institutrice, et ma sœur qui étaient toujours dans mon cœur. Tous ces êtres chers, étaient perdus à jamais.

– Tu as l'air bien triste. Tu aimais beaucoup cet homme ?

J'avais les larmes aux yeux. Les murs de la chambre qui nous servait de maison, venaient de s'effondrer. J'étais moi-même effondré. Je n'avais plus aucune racine.

Alors que je gardais le silence, j'ai entendu sa voix m'invectiver :

– Mais je te reconnais. Tu habitais dans le bidonville. Tu t'appelles Hicham.

Je l'ai regardé avec effroi. J'ai juste eu le temps de répondre :

– Non, vous vous trompez. Ça n'est pas moi.

Le propriétaire bedonnant m'a regardé avec étonnement. J'ai deviné quelques traits de tristesse sur son visage. Je me suis levé en renversant ma chaise. Je suis sorti du restaurant en courant. J'ai couru, couru, couru, si longtemps que je suis arrivé à la gare en un temps record.

Une fois de plus, je me suis assis sur le petit mur. J'étais éreinté. J'ai soufflé tout ce que mes poumons pouvaient contenir. J'ai pleuré intérieurement, afin de ne pas me faire remarquer. Les images de mon enfance ont défilé, comme si un écran de cinéma avait été greffé dans mon cerveau. J'ai revu ma mère, la naissance de Neha, ma petite sœur, mon père alcoolisé, le coup-de-poing fatal de mon frère aîné, la course avec Ali. Je me suis souvenu des instants où la nourriture était légère. Les crampes d'estomac se sont rappelées à mon bon souvenir.

C'est à ce moment-là, que j'ai compris pourquoi le vieil homme du restaurant a su que j'étais Hicham.

J'avais repéré sa petite gargote. Elle se tenait au même endroit. J'en conclus qu'il avait su faire fructifier son commerce. Il mettait ses poubelles sur le côté. Je pouvais me servir, sans qu'il ne s'en aperçoive. Lorsque nous avions faim, je les volais et les ramenais chez moi. Je le faisais en cachette de mon père, qui voyait son honneur bafoué. Il se plaisait à répéter :

– Chez nous, on ne fait pas les poubelles. On laisse ça aux miséreux.

Dans ces moments-là, je comprenais que nous n'étions pas des miséreux, mais que la faim m'obligeait à manger le reste des clients du restaurant. Mon père n'a jamais voulu admettre que nous étions devenus des miséreux, grâce à son alcoolisme incontrôlé.

Le restaurateur, jeune et svelte à l'époque, m'avait couru après, à plusieurs reprises. J'avais peut-être par mégarde, ou par intention, pris des aliments qu'il pensait pouvoir encore utiliser. Avec le temps, il avait laissé à l'extérieur de sa devanture des cartons remplis de victuailles peu présentables, mais délicieuses à notre palais. Je n'ai jamais su si ce geste était intentionnel.

J'étais maintenant devant un constat épouvantable.

« Hicham, les années ont passé. Tu n'as plus aucun souvenir auquel tu peux te raccrocher. Tu n'as plus de famille, plus la possibilité de retrouver les tiens, ni ton institutrice. »

Je me suis répété sans relâche cette triste pensée. J'étais seul, sans espoir de ne plus l'être.

Soudain, un éclair est apparu.

« Non. Hicham, me suis-je dit, tu n'es pas seul. Tu as Bilal. D'accord, tu n'aimes pas ce qu'il te fait dans les toilettes, mais il te nourrit, il t'habille, il t'apprend un métier. Et parfois vous riez ensemble. Il sait te donner de l'affection. Tu as un être sur qui tu peux compter. »

Un rayon de soleil est entré en moi. J'allais bientôt retrouver Bilal et nous allions tous deux, continuer nos vies ensemble, réunis sur les routes pakistanaises. Je me suis empressé d'oublier ce désastreux dernier voyage où il m'avait humilié, traité avec si peu de respect.

Je me suis levé et je me suis acheté une boisson.

J'étais confiant en l'avenir. Mon futur était avec Bilal.

17

Les jours passaient et Bilal ne revenait pas. Il m'avait laissé une somme d'argent pour tenir une semaine. J'étais maintenant à court de moyens de subsistance. Je n'envisageais aucunement l'idée de chercher un autre travail, ou dois-je dire un autre moyen de subsistance. Bilal était la seule personne que je connaissais. Il était ma famille. Il était l'unique adulte à mes côtés.

Après deux semaines d'absence, pétri d'inquiétude, j'ai imaginé qu'il soit malade ou qu'il ait eu un accident. Durant toutes ces années, il ne m'avait jamais montré son lieu d'habitation, même lorsque nous allions à Mingora. Il me laissait à distance de tout ce qui pouvait appartenir à sa sphère privée.

Quinze jours d'attente ont vidé mon porte-monnaie. J'ai entrepris d'interroger les travailleurs de la gare. Tous savaient que j'étais son protégé, mais personne n'avait la générosité de me demander pourquoi je restais inlassablement sur mon petit mur.

– Avez-vous vu Bilal ces derniers jours ? Il devait revenir et je ne le vois pas.

– Non.

Chacun prononçait le même mot, accompagné d'un hochement de tête. Mes interlocuteurs se fermaient, tournaient la tête, manifestement gênés.

Alors j'ai insisté.

– Mais ça n'est pas normal. Vous le connaissez depuis des années. Il lui est peut-être arrivé quelque chose.

– Je ne sais pas.

Par une moue de la bouche, ou par un soulèvement d'épaules, tous répondaient par la négative. Ils ne savaient pas où était Bilal, et moi, je savais qu'ils me mentaient.

Dans un acte de désespoir, je me suis assis sur ce petit mur qui était devenu mon lieu de résidence. Ali m'avait laissé là, plusieurs années auparavant, en me demandant d'attendre. J'étais conditionné à attendre sur ce morceau de béton, un sauveur qui ne venait pas.

Je n'avais plus d'argent. Une seule boisson m'était refusée, un repas également. Je suffoquais. Je regardais le sol, avec des sanglots de désespoir, quand j'ai entendu une voix.

– Tu as soif mon grand ?

J'ai levé la tête et j'ai reconnu un vieux camionneur qui était dans la gare depuis des années.

– Oui. J'ai très soif.

– Et je pense que tu dois avoir faim. Je te vois depuis plusieurs jours, bloqué sur ce mur sans bouger.

– Oui. J'ai très faim. Mon ami Bilal devait revenir et je ne comprends pas pourquoi il n'est pas là.

– Ton ami ? Tu es certain que c'est ton ami ? m'a-t-il dit avec une moue réprobatrice.

– Oui. Vous m'avez souvent vu avec lui.

– Mouais, je l'ai vu. Je n'ai jamais pensé que c'était ton ami. Mais, viens, je vais te payer à manger. On va parler tous les deux.

Nous nous sommes installés dans le restaurant pour routiers. J'ai tout d'abord bu un litre d'eau. Les plats successifs ont défilé sur la table et j'ai dévoré chacun de ces délices. Le repas terminé, mon vieux donateur a entamé la conversation.

– Il faut que je te dise.

– Oui. Vous savez où est Bilal.

– Oui. Je sais. Je ne peux pas te laisser comme ça. Ça me fait de la peine.

– Bilal est venu plusieurs fois. Il va très bien.

– Mais je ne l'ai pas vu. Il devait revenir me chercher.

– Oui, je sais. Il est parfois arrivé alors que tu n'étais pas là. D'autres fois, il te voyait assis sur ton petit mur et il faisait en sorte de garer son camion sur l'autre partie de la gare, là-bas, au fond.

– Mais je ne comprends pas. Pourquoi a-t-il agi comme ça ?

– Mon grand, je t'aime bien. Je suis désolé de te dire cela. Tu es devenu grand et Bilal aime les petits garçons.

– … Je ne comprends pas ce que vous me dites.

– La dernière fois que je l'ai vu partir avec son camion, il y avait à la place du passager, un autre enfant, pas plus grand que toi quand tu as fait sa connaissance.

– …

Un long silence s'est invité à notre table. Il n'a plus parlé, et moi non plus. J'ai regardé le vide. Je cherchais à comprendre ce qu'il venait de m'apprendre, mais ma réflexion tournait dans le vide. Cet homme avait du cœur et surtout une conscience.

– C'est Bilal. Il fait ça depuis longtemps. Il s'attache à un enfant et quand il est grand, il le laisse. Tu n'es pas le premier et je crains qu'il y en ait d'autres.

– …

– Oui, je sais mon grand. C'est difficile. Mais tu as tout l'avenir devant toi. Tu vas trouver une solution. Tiens, prends ça. Je te donne de quoi vivre plusieurs jours pour pouvoir te retourner.

– Merci, c'est gentil.

– Je dois te laisser. Je vais voir s'ils ont fini de charger. Bonne chance mon grand.

Je suis resté immobilisé, congelé, anéanti par la nouvelle. Je n'ai pas pu intégrer tout d'abord, ce qu'il venait de m'annoncer. Celui que je croyais être un ami, était parti avec un autre enfant parce qu'il aime le petit garçon. Il m'a fallu plusieurs minutes pour intégrer que Bilal n'avait pas d'affection pour moi, mais un simple désir sexuel.

J'avais éprouvé un attachement que je pensais solide, éternel pour lui. Il n'en était rien. Il avait rangé ma présence à ses côtés, comme un objet aussi utile que son briquet.

J'étais anéanti par cet abandon, mais encore plus par son manque de considération. En boucle, je revoyais les instants partagés ensemble. Nous avons parfois ri avec bonheur. J'avais aimé son regard lorsqu'il m'achetait de nouveaux habits. Il aimait me dire :

– Tu es beau comme une jolie princesse.

Il me désirait et me consommait. J'avais cru être important à ses yeux. J'étais heureux malgré le sacrifice de mon corps.

Je venais de réaliser, qu'il aimait la poupée vivante que je représentais. Il ne m'aimait pas moi, mais ce que je pouvais lui apporter.

J'ai repensé à nos derniers instants.

« Tu n'aurais pas dû te révolter. La dernière fois que tu l'as vu, tu as voulu te refuser à lui. C'est de ta faute. »

Je me suis reproché une multitude de mes réactions. J'ai réalisé que j'étais devenu fort. Mon attitude d'homme indépendant l'avait contrarié. Il avait compris que sa domination sur moi, allait être mise à rude épreuve. Mon corps était maintenant celui d'un homme. Même avec de beaux habits, je ne pouvais plus être « beau comme une princesse ».

Pour mieux réfléchir, je suis retourné sur le petit mur de la gare. J'ai pleuré durant de longs moments. Lorsque les pleurs se sont calmés, je suis resté assis immobile, dans l'incapacité de penser, les yeux fixés sur le sol. Puis, les sanglots ont recommencé.

Je ne parvenais plus à envisager un avenir. J'étais accroché à mon petit mur, à attendre. Personne n'allait venir, surtout pas Ali ou Bilal. J'étais prostré, telle une statue scellée à ce fichu petit mur.

Après plusieurs jours, je n'avais plus une seule roupie en poche. Une réaction s'imposait. Il fallait lâcher ce bloc de béton.

18
aujourd'hui

Je fais une pause. Ce récit m'épuise. Je revis chaque moment de ce passage douloureux de mon existence.

Je regarde le bureau sur lequel j'ai installé mon ordinateur, celui qui recueille mes doléances. Je réalise à peine, comment d'une vie misérable, j'ai pu bâtir une famille, une réputation visible auprès des plus grands.

Je lâche mon ordinateur et je retourne à mes occupations.

Aujourd'hui, dans mon cabinet médical au centre de Peshawar, je reçois la femme du ministre de la Santé. Elle est venue d'Islamabad. Son fils est atteint d'épilepsie. La réputation dont je jouis, fait déplacer les plus en vue du pays. Il faut que je lui parle du centre pour fillettes. Je vais lui demander de me réserver un rendez-vous avec son mari. Il nous faut des subventions.

Je vais faire une énième tentative. Chaque année, nous avons besoin de plus de fonds. Chaque année, nos demandes d'aide auprès des autorités nous sont refusées. Les enfants ont confiance en nous. Nous sommes fiables à leurs yeux. Ils savent que nous n'allons pas les kidnapper, comme cela s'est déjà vu. Nous les soignons, ils ont un peu de nourriture et parfois, ils dorment avec un toit sur la tête. Nous avons pu aménager un dortoir au dernier étage.

Je vais me raser de près, je vais mettre le pantalon le plus élégant de ma collection et ma plus délicate chemise. Je la recevrai en blouse médicale neuve, car je sais que ces dames de la haute société, sont attentives aux détails vestimentaires. Oh ! Je ne dois pas oublier la chevalière en or massif. Il faut montrer que je suis riche. Les hauts dignitaires font un étrange mélange entre efficacité et argent. Si tu es un bon médecin, tu es riche, si tu es riche, c'est que tu es bon dans ton métier. Alors, je lui montrerai que je suis argenté. Avant de me rendre sur le lieu de mon travail, je me rends chez le chausseur le plus coûteux de la ville. Mes chaussures seront flambant neuves. J'aurais ainsi mis le maximum pour faire l'effet escompté.

Je déteste ce superflu. Je le méprise. Je préfère me rendre dans mon centre pour miséreux. J'y vois une véritable souffrance, celle que je connais trop bien. C'est là, que je me réalise comme médecin.

Comme à son habitude, mon chausseur me reçoit avec les égards que ma position sociale impose.

– Bonjour, Sahib. Je suis heureux de te voir. Tu es toujours aussi radieux.

– Merci Mohamad. J'ai besoin d'une paire de chaussures élégantes, mais que je pourrais mettre pour travailler dans ma clinique.

Mohamad est toujours très heureux de me voir, car je lui laisse un montant supérieur à une semaine de recette. Je suis conscient qu'il me vend ses chaussures le double de leur prix, il a remarqué que je ne sais pas marchander.

– J'ai ce qu'il te faut. Tu as frappé à la bonne porte.

Il se retourne vers ses employés, perd en une fraction de seconde son sourire commercial et crie :

– Allez chercher les chaussures de l'étagère numéro 5. Dépêchez-vous bande de vauriens.

Il se retourne vers moi avec son sourire retrouvé. Il me fait signe qu'il va me montrer les plus belles chaussures de l'univers. Quelques minutes après, apparaissent les deux jeunes hommes chargés d'une multitude de boîtes empilées les unes sur les autres. Ils ont tous deux disparu derrière les piles qu'ils portent.

– Je vous ai dit l'étagère numéro 5. Vous êtes des bons à rien. Qu'est-ce que je vais devenir avec des incapables comme vous ?

Mohamad ne cesse de vociférer. C'est une attitude courante dans nos contrées. Ce mode de fonctionnement est associé à sa position sociale. Les patrons se doivent de bousculer leurs employés. Ils pensent ainsi montrer à qui veut bien le croire, qu'ils savent mener leur personnel. Pourtant, ils sont souvent très généreux et se comportent comme des pères lorsque le client a quitté le magasin. Les employés connaissent ce jeu de pouvoir factice. Certains deviennent des membres de la famille, de génération en génération.

Quelques minutes après, les deux jeunes ramènent d'autres piles de boîtes à chaussures. Mohamad continue son argumentation.

– Sahib, regarde cette merveille. Entièrement en cuir. Celles-ci sont faites pour toi.

– Je n'aime pas la couleur. Je veux du noir.

– Ne t'inquiète pas Sahib. Regarde celles-là. Elles sont noires et encore plus belles.

Après deux ou trois essayages, je me décide pour une paire. Mohamad m'annonce le prix.

– Mohamad, tu exagères. Je suis certain qu'elles sont trois fois moins chères.

– Les temps sont durs Sahib. J'ai ces deux à nourrir.

Il me montre les deux jeunes employés, qui ne peuvent s'empêcher de sourire légèrement. Ils connaissent par cœur ces jérémiades.

– Et puis, tu sais Sahib, ma fille Sarah, je la marie le mois prochain. C'est cher, tu sais.

Le prix de la paire de chaussures est le double ou le triple du salaire mensuel d'un ouvrier d'usine bien payé. Je ne bronche pas, comme à mon habitude. Je lui donne la liasse de roupies qu'il attend. Il fait mine de ne pas avoir de monnaie, et ne me rend pas le surplus. De nouveau, je choisis de laisser faire et je repars avec mes chaussures neuves.

Je me dirige vers ma clinique, l'esprit rempli d'espoir sur la venue de cette grande dame.

À mon arrivée, la secrétaire, installée dans le hall recouvert de marbre blanc, me fait signe que la salle d'attente est pleine à craquer.

– Vous n'avez pas réussi à leur donner un rendez-vous pour plus tard ?

– Non, docteur, elles ont leurs petits malades. Elles prétendent qu'ils ont besoin de soins en urgence.

La secrétaire me fait une moue dubitative, qui voulait me montrer qu'elle ne croyait pas entièrement à cette urgence.

– Et vous n'avez pas pu les envoyer à docteur Amad ?

– Non. Elles ne veulent que vous. De plus, Docteur Amad va finir tard ce soir. Il a aussi beaucoup de patients qui attendent.

– Et la femme du ministre ?

– Son chauffeur a téléphoné. Elle est encore dans sa chambre d'hôtel.

– Ces riches qui ne connaissent pas la ponctualité...

La secrétaire s'enfonce derrière son bureau en bois marqueté.

– Prévenez-moi, quand le chauffeur vous retéléphone pour que je sois prêt.

– Oui docteur. Vous pouvez compter sur moi.

Catherine est d'une grande efficacité. Elle parle l'anglais avec un fort accent ourdou, mais sans aucune faute. Elle est de la minorité chrétienne terriblement défavorisée dans notre pays.

– Dans dix minutes, vous m'envoyez la première personne.

– Bien, docteur.

J'ausculte cinq ou six enfants avant l'arrivée de la femme du ministre. Les pathologies des enfants sont souvent bénignes. Elles nécessitent peu de temps. Je soupçonne certaines mamans de venir, alors que leur enfant n'est que très légèrement atteint, pour pouvoir raconter à leurs amies, qu'elles ont rencontré le docteur Hicham, dans la clinique qui reçoit les femmes de ministre.

Une petite frappe sur la porte de mon cabinet et la voix de Catherine m'annonce :

– Docteur, le chauffeur vient de m'appeler. Il quitte l'hôtel à l'instant. Ils seront là dans dix minutes.

– Merci Catherine.

Après avoir fini l'auscultation de l'enfant qui est avec moi, je dirige la mère vers notre pharmacie pour qu'elle se procure les médicaments.

Je me change au plus vite et j'enfile les beaux habits que j'ai réservés à cette occasion. Je me dois de recevoir Madame avec le plus grand soin.

Il faut que je reste concentré, afin de choisir les bons mots. L'émotion et la nervosité qui m'envahissent trop souvent, doivent être contrôlées. Il est impératif qu'elle m'obtienne un rendez-vous ou mieux, une subvention. Je la sais très inquiète pour son enfant. Est-ce que je vais avoir le toupet d'utiliser cette faiblesse pour faire pression sur elle ? Me transformer en Raspoutine manipulateur face à la détresse de la Reine de Russie, n'est pas mon comportement habituel. Je me persuade qu'elle vient en demandeuse. Je peux lui faire comprendre que moi aussi, j'ai besoin d'elle. Ces personnes riches ne payent pas la consultation, ni les soins. Elles nous font un honneur de venir. Nous les recevons comme des membres de la famille. Leur amitié est toujours très utile. L'hypocrisie est monnaie courante. Je l'utilise avec scrupule. Mais aujourd'hui, je vais utiliser cette habitude très pakistanaise. Je vais jouer la carte de l'admirateur de sa position sociale. Je suis décidé à la flatter, elle et son mari. Je veux une aide pour notre centre pour enfants miséreux.

Quelques minutes après, Madame la Femme du Ministre arrive. Elle n'hésite pas à avancer sans se préoccuper des autres mamans qui attendent depuis bien longtemps. Elle est grande, éduquée et parle un anglais parfait. Elle a choisi de s'adresser à moi dans cette langue. Son enfant, un fils de 12 ans, a l'arrogance des enfants riches. Je peux deviner une pointe de désarroi dans ses yeux lorsque sa mère prend la parole :

– Vous voyez Docteur, je suis désespérée. Il fait des crises, alors que nous sommes dans d'importantes réceptions. C'est très gênant. Vous connaissez les obligations de mon mari. Je ne veux pas que cela soit préjudiciable pour son poste. Nous ne pouvons pas vivre sans une vie sociale très active. Vous comprenez, Docteur.

Elle me parle avec une multitude de détails, de la place de ministre de son époux, des épouvantables conséquences sur leur position sociale. Elle oublie d'aborder la souffrance de son enfant. Quelques années auparavant, cette attitude me révoltait. Je suis maintenant beaucoup plus modéré. Les conflits, les cruelles adversités des ministres, qui peuvent aller jusqu'au meurtre, sont redoutables dans mon pays. Montrer une petite faiblesse et c'est la chute assurée. Quand je dis la chute, cela peut entraîner la ruine ou l'expatriation. Cet enfant est malheureux. À cause de sa maladie, il est conscient qu'il porte le destin de toute sa famille. Il réalise qu'il est une entrave à l'avancée de la carrière de son père. Ses yeux sont alternativement désespérés et provocateurs. Il me regarde et semble me dire :

– Tu dois me soigner coûte que coûte.

Je l'observe durant un long moment. L'épilepsie est une maladie difficile à guérir. Nous avançons vers une longue discussion de plusieurs minutes. Je lui prescris quelques médicaments, que je sais efficaces, mais qui ne vont pas le guérir. Je lui conseille de prendre un chat ou un chien. Il est prouvé qu'ils ont la capacité de sentir venir la crise. Le confort de chaque jour peut s'en trouver transformé.

C'est à ce moment-là que je choisis d'aborder le sujet qui me préoccupe.

– Je voudrais revoir votre fils le mois prochain, afin que je puisse apprécier l'évolution de la maladie.

– Oui. J'espère bien que vous serez encore là pour nous.

– À la fin du mois qui vient, je dois me rendre à Islamabad. Je pourrais vous rendre visite. Ça vous évitera un déplacement.

– Oh ! Oui. Pourquoi pas ?

– J'aurais peut-être l'opportunité de rencontrer votre mari.

– Oh ! Vous savez, mon mari est très occupé.

Elle attend quelques minutes avant de me répondre. Elle mesure le pour et le contre de son refus. Elle pense peut-être que mon attention auprès de son enfant, est dépendante de mon envie de rencontrer son mari. C'est ce que j'espère.

– J'aimerais m'entretenir avec lui, lui dis-je après quelques palabres sur la santé de son fils

– Ah ! Oui ! Je vois.

– Le centre pour enfants des rues, que nous avons créé ma femme et moi, est prometteur. Je sais que votre mari peut être très généreux. C'est un homme de cœur, et je suis certain qu'il me donnera de bons conseils.

– Oui, je vois. Je ferai mon maximum pour que vous puissiez le rencontrer.

Voilà. Une première balle a été saisie au bond. Elle a ouvert une porte. Elle n'a pas opposé de refus catégorique. J'ai bon espoir de rencontrer le ministre de la Santé.

Demain, je retrouverai les enfants miséreux dans notre structure d'accueil. Il faut que je trouve les moyens de les sauver. J'attendrai avant de parler à Amina de l'espoir que je nourris grâce à ce contact. Elle est au bord du burn-out, devant ce flot incessant de petites filles qui viennent chaque jour demander de l'aide.

19

Je reprends l'écriture de mon histoire. Si je refuse de penser à Bilal et aux autres événements de mon enfance, une immense tristesse m'envahit, bien malgré moi. En écrivant, j'ai la sensation de donner mes souffrances à la feuille qui reçoit mon histoire. Je me libère en le faisant. Il faut que je continue ce récit, je serai soulagé de le transmettre. Du moins, c'est ce que j'espère.

Bilal m'avait abandonné.

– Il préfère les petits garçons et toi, tu es grand, m'a dit le camionneur dans un élan de gentillesse.

J'étais anéanti. Quelques jours avant, j'avais compris que ma famille, ma mère, ma sœur, mon frère avaient disparu à jamais. Je faisais maintenant le constat, que je n'avais plus Bilal. Je regrettais ce bourreau qui avait perverti mon enfance. Il me manquait. Sans lui, je n'avais plus rien, ni personne. J'ai rêvé de le retrouver, de lui dire que j'allais faire tout ce qu'il voulait, que je le suivrai comme un toutou s'il me le demandait. J'ai imaginé des retrouvailles folles. J'ai désiré lui donner tout de moi, pour ne pas être abandonné une fois de plus.

Je suis resté sur le petit mur de la gare, ce point de repère indéfectible. Il était un cordon ombilical sans rien au bout. J'ai attendu, tout en sachant que Bilal ne viendrait pas me retrouver. J'attendais un « je ne sais quoi » qui allait changer ma vie.

L'envie de reprendre de l'héroïne s'est imposée. Le vieux camionneur m'avait donné suffisamment d'argent pour une dose. J'ai hésité entre le garder pour ma nourriture des prochains jours, ou me faire un trip aux lendemains incertains. J'ai choisi cette dernière idée. J'ai rassemblé mes roupies, je suis reparti dans la pharmacie fournisseuse d'héroïne, où j'avais obtenu ma dernière dose.

Quand je suis arrivé, la fausse pharmacienne m'a reconnu. Je l'ai juste regardée et elle m'a fait entrer dans l'arrière-boutique.

– Bonjour Sahib. Je voudrais un paquet.

– Tu as de l'argent.

– Oui. Regardez.

– Mais ça n'est pas assez.

– C'est tout ce que j'ai.

– Non. Il en faut plus.

– S'il te plaît, Sahib. En plus, je peux vous aider.

– Tu peux m'aider ? Comment tu peux m'aider ?

– À vous de me dire.

Je l'ai vu réfléchir quelques instants.

– Bon, je te donne un paquet, mais promets-moi que tu me ramèneras bientôt un garçon pas encore accro. Tu choisis un jeune, ils sont plus malléables.

– Oui, Sahib. Je t'en amènerai autant que je peux.

J'étais devenu aussi monstrueux que ce Sahib. Je voulais ma dose et pour ça, j'étais prêt à n'importe quoi.

Je suis parti avec mon petit paquet de poudre blanche et je me suis installé sous le pont que je connaissais, avec les autres héroïnomanes.

Le voyage hallucinogène m'a apporté un bonheur de quelques heures. La drogue me faisait de l'effet sur un temps qui semblait se raccourcir au fil des années. Au milieu de la nuit, j'étais toujours sous le pont. La chute de moral est arrivée, comme après chaque trip. Mon corps me faisait mal, j'étais incapable de réfléchir. Je ne parvenais pas à me concentrer. J'ai marché dans la ville, hagard. J'étais devenu l'un des zombis que j'avais souvent croisés.

Je me suis endormi à l'abri d'un bâtiment en construction. Il y avait d'autres zombis comme moi. Le lendemain, après une très courte nuit, je me suis réveillé. Ma première pensée a été pour Bilal. Je ne le verrai plus. J'étais hanté par son abandon. Une angoisse épouvantable a envahi mon estomac. J'ai réalisé à quel point j'étais seul. J'ai pleuré. Impossible de me lever, je n'avais plus de force. Je suis resté un très long moment immobile jusqu'à ce que la faim m'appelle. Non pas la faim d'une bonne nourriture faite de légumes et de viande, mais une nourriture faite d'héroïne.

J'étais accro. J'étais un toxicomane.

Je n'avais plus une seule roupie en poche. Sahib m'avait dit que j'aurais une dose gratuite si je lui emmenais un jeune. Je me suis levé pour partir à la recherche d'une âme innocente qui voudrait bien goûter de cet affreux poison.

J'étais une bête à l'affût d'une proie.

Aujourd'hui, quand je pense à ce que j'étais devenu, j'ai honte. Pourtant, il faut que je l'assume. C'est ce qui me motive afin d'accomplir la mission que je me suis imposée. Je veux sortir de la drogue et de la prostitution des pauvres innocents.

Je suis retourné à la gare. Il y avait des jeunes qui rôdaient en quête de quelques aumônes. Ils se retrouvaient par camaraderie ou pour se prostituer tout comme je l'avais été. J'en ai accosté un. Je le connaissais un peu, sans que nous n'ayons jamais échangé. Je savais qu'il ne se droguait pas. Comme le monstre que j'étais devenu, j'ai pensé alors qu'il était idéal pour le délit qui m'apporterait une dose.

– Comment tu t'appelles ?
– Ismaël.
– Tu veux que je te montre un truc qui te fera devenir fort.
– Oui. C'est quoi ?
– Viens, suis-moi.
– Mais c'est quoi ?
– Tu verras. Tu seras bien après.

J'ai soudain vu l'adolescent partir en courant. Je suis resté immobile.

Je me suis avancé vers un autre qui est lui aussi parti. J'ai compris que mon allure de zombi leur faisait peur. Je n'avais plus de solution et une fois encore, je me suis assis sur le petit mur.

J'ai réfléchi un long moment. J'avais de la difficulté à me concentrer, due aux dégâts causés par l'héroïne sur mes cellules grises. Mes idées n'étaient pas coordonnées et je n'arrivais pas à élaborer un plan. Après quelques heures de désespoir, j'ai envisagé de demander un peu d'argent à ceux que je connaissais dans la gare. Je me suis adressé à l'un d'eux.

– Oui, je te connais, toi. Tu étais avec Bilal, m'a-t-il répondu.

Il a accompagné sa réponse d'un petit sourire moqueur, en prenant bien soin de vérifier que ses acolytes apprécient son trait d'humour. Je n'ai pas compris que j'avais une réputation de « petite pute » comme me l'avait précisé Bilal, ceci grâce à lui.

– Tu crois qu'on a autant d'argent que ça ?

– J'ai juste besoin de quoi vivre quelques jours.

J'ai menti effrontément. Je voulais une dose et ça, ils l'avaient bien compris.

– Et en échange, tu nous donnes quoi ?

– Euh ! Je vous le rendrai.

– Tu nous rendras l'argent ? Tu en es sûr ?

– Oui. Je vais trouver du travail et je vous le rendrai.

– Tu plaisantes ?

Je suis resté sans réponse. Je les ai fixés du regard, suppliant. Ces monstres de dureté m'ont toisé froidement. Je n'avais aucune valeur à leurs yeux. Je n'étais qu'un pauvre être sans avenir. J'ai vu qu'ils se regardaient avec un petit rire complice. Il était clair qu'ils préparaient un mauvais coup. L'un d'eux a demandé à l'autre :

– Ça t'intéresse ?

Il était goguenard, rieur, avec un semblant de détachement.

– Oui, j'y vais, a répondu l'autre.

Il m'a montré une petite liasse de billets et m'a ordonné :

– Suis-moi.

Je n'avais ni la force, ni la capacité de réagir. J'ai vu les billets et pour ces billets, j'allais faire ce qu'il voulait. Il m'a amené derrière des camions volumineux, à l'abri des regards. J'ai entendu les paroles vulgaires de ses comparses. Je n'ai pas bronché. Bien caché derrière les grosses machines, il a giclé sur moi, ses horribles mots à la figure :

– Tourne-toi et baisse ton pantalon.

J'ai compris que l'horreur allait se produire. Je l'avais déjà vécu. J'étais absent de mon corps pour mieux vivre ce moment d'abomination.

Son plaisir terminé, il m'a donné la petite liasse de roupies. Peut-être, dois-je dire qu'il m'a payé ? J'avais de quoi me procurer une autre dose. C'était tout ce qui comptait à cette minute. Je n'avais pas la capacité de m'interroger sur ce qui venait de se passer.

Je suis reparti chez Sahib, je me suis fait un autre trip, et le lendemain, j'étais de nouveau en manque. J'ai déambulé jusqu'à la gare. Une fois de plus, un homme m'a donné de l'argent pour ma dose contre une passe. Durant les jours qui ont suivi, j'ai vécu cette même horrible routine.

J'étais devenu un drogué prostitué.

20

    Les jours, les semaines, les mois et les années ont passé ainsi. Chaque jour, je me suis procuré de l'argent pour me faire un trip, en me prostituant. J'étais d'une maigreur insoutenable. Je n'avais plus aucun vêtement décent et plus aucune force pour me reprendre en main.

    Je vivais toujours sous le même pont, accompagné de mes colocataires d'infortune.

    Par une journée pluvieuse de fin de mousson, je suis allé, comme souvent, dans un bâtiment délabré, où des hommes, prétendant être de bonnes familles, recherchent des jeunes pour leurs besoins sexuels. La femme est sacrée au Pakistan. Elle est intouchable. Elle doit être vierge avant le mariage, mère et épouse. Il n'y a que très peu d'alternatives, disent-ils. La liberté sexuelle n'existe pas. On peut trouver quelques femmes prostituées, mais elles sont rares et surtout, elles demandent un tarif plus élevé. Elles se trouvent dans des maisons closes, soutenues par des mères-maquerelles qui encaissent une grosse partie de l'argent, quand ça n'est pas la totalité.

    J'ai marché en direction de cet endroit de rencontre, endolori par le manque d'héroïne. Mon corps en réclamait de plus en plus. Mes souvenirs sont vagues, mais je pense avoir décidé de prendre un raccourci.

    J'ai vu arriver, devant moi, trois hommes. J'ai senti que deux autres se trouvaient sur mes côtés. Je savais ce qu'ils allaient me faire. J'étais au fait des maltraitances que certains prostitués subissent. Des voyous prennent un plaisir pervers à la souffrance des plus faibles.

Ils m'ont attrapé sans ménagement.

– Mais que voulez-vous ? Arrêtez, ai-je crié.

– Tu n'es qu'une tarlouze. On va te prendre. Tu aimes ça, salope.

Je n'ai, à l'heure d'aujourd'hui, que ces paroles pénétrantes en mémoire. Ils ont commencé à me frapper en riant. J'ai perçu leur jouissance morbide à voir mon sang gicler, sous leurs coups. Cela a duré de longues minutes. Puis, j'ai senti qu'ils me déshabillaient. Ils m'ont attrapé et jeté à terre. L'un me tenait immobile, le ventre contre le sol, un autre écartait une jambe et un troisième immobilisait une autre jambe. J'ai ressenti une douleur immense, indéterminée.

Et ensuite, c'est le trou noir. Plus rien, plus aucun souvenir de l'outrage que j'ai subi. J'avais été violenté trop souvent. C'était une fois de plus, une fois de trop. Mon esprit a planté comme un ordinateur qui ne veut plus rien savoir.

Je me suis réveillé dans un lit d'hôpital, quatre jours plus tard, selon les informations des infirmières. J'avais une perfusion, des draps propres. J'étais dans un dortoir où il y avait cinq autres malades. Les infirmières étaient des Occidentales. Elles parlaient allemand entre elles. J'étais dans un dispensaire tenu par des bénévoles d'une association à but non lucratif.

– Monsieur, Monsieur.

J'ai entendu au loin, une voix qui s'adressait à moi en anglais. Je comprenais quelques mots de ce langage.

– Monsieur, comment allez-vous ?

– Où est-ce que je suis ?

C'était une doctoresse. Son visage était rayonnant, son embonpoint remarquable. Elle m'a donné le nom de l'ONG. Je n'ai pu ni comprendre le sens de ce nom, ni le retenir.

– On vous a trouvé dans la rue. Les hôpitaux pakistanais n'ont pas pu vous prendre. Ils ont prétendu qu'ils étaient complets.

J'ai compris par bribes ce qu'elle me racontait. Elle n'a pas osé me dire que les hôpitaux pakistanais ont refusé de me soigner. Les prostitués drogués étaient des rebuts de la société que personne ne voulait approcher. De plus, les hôpitaux voulaient être payés et ils savaient que nous n'avions pas d'argent.

– Vous avez été blessé. Vous aviez de multiples ecchymoses, et des côtes cassées. Mais rassurez-vous, rien de bien grave.

Elle a eu la dignité de ne pas préciser certaines blessures que laisse un viol commis par cinq hommes.

– C'est surtout votre état de faiblesse qui nous a inquiétés. Vous ne pesez que quarante-cinq kilos. Vous êtes grand, il faut reprendre des forces.

J'entendais ce récit en anglais, langue que je ne connaissais qu'en partie. J'étais surtout étonné d'entendre des paroles douces et bienveillantes. Cette femme me regardait avec amour. J'étais un être digne d'intérêt.

– Nous vous avons mis une sonde. Vous voyez.

– Oui.

– Surtout, faites attention de ne pas la décrocher. Il faut vous remettre, Monsieur. Vous irez mieux.

– Merci, madame, lui ai-je répondu dans un souffle.

– Appelez-moi Béate. Ça sera plus simple. Et vous, comment vous appelez-vous ?

– Hicham.

– Courage Hicham. L'avenir vous sourit.

Béate me parlait dans un langage qui m'était totalement inconnu. Je ne fais pas allusion à l'anglais, je pouvais comprendre la ligne directrice de sa pensée. Non, elle parlait le langage du cœur. Elle m'avait tout d'abord appelé Monsieur, puis par mon prénom. Je n'avais plus entendu un être vivant le prononcer, depuis longtemps. Les pauvres hères que j'ai fréquentés, ne s'appelaient pas. Ils s'apostrophaient, ils s'insultaient, ils se méprisaient. Dans le meilleur des cas, ils me nommaient frère, fils. Le plus souvent, les termes étaient méprisants. Bilal, qui avait disparu de ma vie depuis plusieurs années, m'avait appelé par mon prénom. Je n'avais jamais entendu des mots respectueux comme Monsieur.

Béate a quitté la chambre et je suis resté avec les autres malades. Ils étaient calmes et distants. Une heure après mon réveil, j'ai commencé à ressentir un mal-être terrible. Mes bras, mes jambes et tout mon corps souffraient. J'aurais pu penser que j'avais été empoisonné, mais c'était le contraire. Le manque d'héroïne était bel et bien en moi. J'étais menotté psychologiquement par la perfusion qui m'interdisait de bouger. Je me suis tourné de droite et de gauche. J'ai respiré tout d'abord rapidement, en imaginant que ce désagréable état, allait s'enfuir. J'ai peu à peu gémi, sans le vouloir. J'ai peut-être crié ma souffrance. Une infirmière est arrivée.

– Monsieur, ça ne va pas ?

– ... impossible de répondre.

– Monsieur, dites-moi ce qu'il vous arrive. Où avez-vous mal ?

J'ai juste eu le temps de lui montrer les douleurs de mon corps. Je me suis mis à hurler sans que je ne puisse contrôler ma voix. Elle m'a regardé avec des yeux affolés.

Elle a compris ce que je ressentais. Elle est partie en courant.

Quelques minutes après, Béate est arrivée avec deux grands gaillards. Ils m'ont attaché et fait une piqûre qui m'a calmé en quelques minutes. Je me suis endormi paisiblement.

J'étais au premier jour du reste de ma vie.

21

Sans le savoir, j'avançais vers une nouvelle vie, ce que je ne pouvais soupçonner. J'avais été trouvé mourant, dans une ruelle après une agression immonde. Maintenant, des personnes au cœur d'or se préoccupaient de mon bien-être, en m'appelant Monsieur.

Le lendemain, ils ont détaché les liens qui me maintenaient aux barreaux de mon lit et j'ai pu manger. Il m'était impossible d'ingérer une grosse quantité d'aliments. Mon estomac n'avait pas fonctionné normalement depuis plusieurs années. Ma nourriture première avait été du chaï, thé au lait avec des épices. Je consacrais tout l'argent que je parvenais honteusement à gagner, pour l'achat de ma drogue.

Dans l'après-midi, j'ai eu une crise de manque. Les douleurs étaient à la limite du supportable. Mon corps et mon esprit se sont paralysés. La souffrance m'a submergé. De nouveau j'ai gémi, de nouveau Béate est arrivée avec ses deux acolytes.

Ce scénario s'est reproduit durant de longs mois. Dans un premier temps, les crises étaient de plus en plus fortes. Au lieu d'être soulagé par le traitement, je souffrais mille martyres. J'ai maintes fois envisagé de m'échapper. J'y suis même arrivé, mais ils ont réussi à me rattraper.

Le temps a passé et le manque d'héroïne s'est calmé. J'ai pris quelques kilos et ma santé s'est améliorée.

Dans l'unité où je me trouvais, Béate était la responsable médicale, elle était médecin, spécialisée dans les addictions. Elle était un des membres dirigeants de l'ONG. Cette unité était spécialisée dans les problèmes de drogue. Ils avaient mis en place des ateliers de paroles. Chaque après-midi, basés sur le volontariat, nous nous rendions dans la salle réservée pour ce temps d'échanges. Nous étions un groupe d'une dizaine de personnes. Certains étaient encore hospitalisés dans l'établissement, d'autres venaient de l'extérieur.

Durant les premières rencontres, j'ai refusé de communiquer. Le psychologue m'avait rendu visite et m'avait convaincu de venir. Mais il m'était impossible de dévoiler les horreurs de ma vie. Je me contentais de rester assis, immobile. J'écoutais les autres patients. Les deux animateurs n'étaient pas surpris par mon mutisme. Ils connaissaient parfaitement les résistances des nouveaux arrivants. Il y avait des tours de table.

– Hicham, veux-tu nous faire part de ton ressenti ? Peut-être veux-tu nous parler d'autres choses ?

Je faisais signe de la tête que je refusais de parler. Sans autres manifestations, l'animateur s'adressait à mon voisin.

Après quelques semaines, ou quelques mois, j'avais sympathisé avec les autres occupants du dortoir. Après un an, certains étaient partis pour tenter une vie meilleure. Il y avait de nouveaux patients, arrivés dans un état similaire à celui dans lequel j'étais à mon arrivée.

Les souffrances de mes compagnons me faisaient prendre conscience que je n'étais pas le seul. J'avais si longtemps eu honte de ce que j'étais devenu. Mes frères d'infortune m'attendrissaient. Ils me regardaient avec tristesse et désarroi. Je les ai réconfortés en y mettant toute ma tendresse. Nous avons partagé notre infâme destin sans jugement.

Grâce à la patience des instructeurs, j'ai pu me livrer lors des rencontres de l'après-midi.

– Hicham. Tu veux parler ? Je vois que tu as levé la main.

Ce jour-là, je m'étais décidé à me livrer.

– Oui... C'est difficile.

– Nous avons le temps. Ne te précipite pas.

– Je voulais dire que...

– ...Tu voulais dire, a poursuivi Bernhard après un très long silence.

– Je voulais dire que moi aussi, j'ai… pour payer ma dose... j'ai fait... ça me dégoûtait mais j'avais besoin... c'était épouvantable... j'ai honte... je suis un...

– Tu as dû te donner pour payer ta dose ?

Amed a prononcé ces paroles. Tout comme moi, Amed avait été recueilli par Béate et ses amis. Il était vif, brillant et il n'inspirait pas la pitié.

– Moi aussi, tu sais. Et je n'en ai plus honte. Ce morceau de vie est derrière moi, a-t-il continué.

Je suis resté silencieux. Je n'ai plus pu prononcer une parole, puisque le silence de la salle a été cassé par mes longs sanglots bruyants. La porte s'est ouverte et nous avons vu le visage mi-interrogatif, mi-inquiet de Béate. J'avais probablement crié pour qu'elle vienne en courant.

Des mains se sont posées sur mes épaules, des caresses ont comblé mes joues. J'ai vu le sourire heureux de Bernhard et de Béate. Ils savaient que j'étais sauvé.

La séance a été levée. Je suis allé me recroqueviller dans mon lit. Je m'étais libéré de mon fardeau, mon stress, mes remords et de l'épouvantable opinion que j'avais de moi-même. Je n'étais plus seul.

Durant les jours qui ont suivi, j'ai continué mon récit auprès de mes compagnons. Je parlais beaucoup. J'ai libéré la honte qui avait jalonné mon existence. Les êtres de cœur qui m'entouraient, me regardaient avec respect. Le respect que je n'avais jamais reçu. J'ai réappris à vivre avec ce que j'étais, Hicham qui n'aurait jamais dû être souillé. Je redevenais moi-même à chaque séance. J'ai repris confiance en moi et surtout, j'ai réappris à aimer mon prochain.

Après plusieurs mois Bernhard a eu l'idée de me donner une tâche.

– Hicham. Je vois que tu as en toi une grande générosité. Tu aimes les personnes.

– Oui, je les aime parce qu'ils sont mes frères.

– Tu connais leurs problèmes. Je voulais te proposer d'aider les infirmières pour les soins.

– Ah ! Les soins ?

– Oui. Je sais que tu n'as aucune notion de médecine, mais j'ai remarqué que tu apprenais très facilement.

Je n'ai pas trouvé les mots en guise de réponse. Il avait prononcé la phrase : « Tu apprends très facilement ». J'étais immobile. J'avais déjà entendu ces mots, mais où et quand ? Impossible de m'en souvenir. J'ai juste fini par dire :

– Oui. J'en suis très heureux.

– Moi aussi, je suis heureux pour toi. Tu es digne de réussir ta vie.

Une fois de plus, Bernhard a prononcé des mots respectueux qui m'offraient une réconciliation avec mon avenir.

– Tu iras demain matin à l'infirmerie. Je vais les prévenir.

– Merci. J'y serai.

Je suis retourné dans mon dortoir et je me suis assis sur mon lit en me répétant les mots qu'ils avaient prononcés, « Tu apprends très facilement ». Mais qui m'avait déjà parlé comme ça ? Mon esprit refusait de revenir sur ces très anciens souvenirs. Ils étaient enfouis au plus profond de mon enfance. Après de longues minutes :

« Je me souviens maintenant. C'est MON institutrice que j'aimais tant. C'est elle qui me parlait avec ces mêmes mots. Ils faisaient office d'un "je t'aime" ».

Son visage s'est invité avec bonheur. Elle est revenue en moi. Elle était la seule qui m'avait traité honorablement. Je me suis répété que si elle m'avait aimé, c'est que j'étais digne de l'être. Alors j'allais me battre, j'allais apprendre comme j'aurais dû le faire enfant, pour elle, pour qu'elle soit fière de moi.

Un pied vers la vie de rêve que j'ai maintenant, était avancé. Mais ce jour-là, je ne pouvais le deviner.

22

Le lendemain, à la première heure, je me suis rendu à l'infirmerie. J'étais fébrile et heureux. J'allais aider ceux qui m'avaient aidé. J'allais être présent pour les patients recueillis, comme je l'avais été.

J'ai douté de mon efficacité. J'étais totalement inculte en médecine. Comment faire un pansement, une piqûre ? Avant d'arriver dans ce centre, je n'avais jamais reçu de soins. Je ne devinais que de très loin, ce qu'étaient une gaze, une pommade. Les seringues n'étaient jusqu'alors utiles à mes yeux, que pour se faire un shoot de drogue.

Je suis arrivé dans l'infirmerie en m'imaginant que le soir, j'allais être au fait de tous ces gestes médicaux.

– Oh ! Bonjour Hicham. Béate nous a annoncé ta venue. Nous sommes ravis de te recevoir.

– Bonjour. Je suis moi aussi tellement heureux d'être auprès de vous.

Angéla était une femme mature. Ses magnifiques yeux bleus m'avaient fait rêver plusieurs fois. Elle avait les joues roses et les lèvres fuchsia.

Malgré les années sous le joug de pratiques homosexuelles, je n'avais jamais perdu le goût des femmes. Elles étaient des êtres inaccessibles, qui devaient rester pures. Je rêvais de pouvoir me marier et d'avoir une épouse. Je rêvais d'être uni avec une belle demoiselle, qui ressemblerait à celles que je voyais dans les films de Bollywood.

À l'infirmerie, j'ai rencontré un Pakistanais qui semblait être médecin ou infirmier. J'ai deviné, à la vue de ses cicatrices, que le chemin qu'il avait parcouru, avant de devenir thérapeute, avait été semé d'embûches. Sa présence m'a réconforté. Un jour, moi aussi, je serai thérapeute.

– Tu veux bien nous aider ? a rajouté Angéla.

– Oui, je suis venu pour ça.

– Bon, c'est très bien. Nous sommes un peu débordés. Nous avons accueilli deux jeunes hommes cette nuit. Ils ont été amenés par nos bénévoles. Ils sont très faibles.

– Oh ! Je vais faire mon maximum.

– Suis-moi. Je vais te montrer ce que sera ta tâche aujourd'hui.

– Je voulais vous dire que je n'ai jamais fait de pansements.

– Ne t'inquiète pas. Ces actes médicaux sont réservés aux infirmiers et aux infirmières qualifiés. Tiens, prends ce balai et cette serpillière. Il faut laver à fond les trois dortoirs et le couloir. Pour aujourd'hui, tu as pour mission de rendre ces lieux les plus propres possible.

– ... ???

Je suis resté immobile. Elle m'expliquait que ma mission était d'être homme de ménage. Malgré les mauvais traitements subis dans mon enfance, j'avais gardé un bon petit ego. L'idée d'un avenir d'agent d'entretien n'était pas dans mes perspectives. Mon institutrice me l'avait bien dit, je suis un être doué d'intelligence.

À cette minute, je n'ai pas pris conscience que j'étais rempli d'orgueil, un orgueil qui allait être un allié lors de mes futures pérégrinations.

Elle m'a souri avec gentillesse. Elle avait probablement compris mon désarroi. L'espace d'un instant, j'ai pensé lui envoyer ces instruments d'humiliation à la figure, mais sa jolie bouche en cœur m'en a empêché et je me suis exécuté.

Après des années d'errance, dans le camion de Bilal, ou sous le pont qui me servait d'abri pour me faire mon trip, je n'avais jamais appris à utiliser une serpillière et encore moins un balai européen.

Les balais pakistanais sont faits de petites branches fines réunies par un élastique. Pour les utiliser, il faut se plier en deux, ou en trois en pliant les genoux, près du sol. Par un geste de va-et-vient, on peut ainsi pousser les détritus. En ce qui concerne l'utilisation de la serpillière, la position quatre pattes est la plus efficace.

Je me suis retrouvé avec un mystérieux balai allemand. Dans mon immense ignorance, j'ai deviné que le long manche permettait de rester debout. J'avais furtivement vu certaines personnes l'utiliser. Je n'y avais pas prêté attention. La culture pakistanaise est sensible aux différences sociales. Je ne regardais pas les personnes de basses castes qui faisaient le ménage. Il fallait maintenant que je les imite, afin de mener à bien ma mission. Après quelques hésitations, je me suis résigné.

Quelques tentatives infructueuses de ma part ont fait venir Angéla. Elle m'a fait une démonstration de l'utilisation de cet étrange instrument.

J'ai passé ma matinée à laver les lieux. J'ai utilisé la méthode pakistanaise pour laver les sols, j'ai frotté, à genoux sur le sol.

Le soir, je me suis allongé sur mon lit, fatigué. Je logeais toujours dans le même dortoir, depuis le premier jour de mon arrivée. J'avais nettoyé toute la journée. J'étais très déçu de la tâche qui m'avait été allouée. Je voulais aider les pauvres êtres qui avaient subi ce que j'avais enduré. J'aurais voulu les soigner, leur redonner de l'espoir. Non, je n'étais qu'un homme de ménage. Je me suis rassuré en me disant que c'était mieux que les années passées comme esclave sexuel. Pourtant, le rôle d'aide-camionneur avait été valorisant. J'oubliais parfois l'horrible prix à payer.

J'ai repensé à mon institutrice. J'ai rêvé que j'allais devenir un érudit pour elle, pour qu'elle soit fière de moi. Malgré mon enfance, elle m'avait insufflé l'envie d'une vie meilleure. Mes capacités intellectuelles étaient larges et m'avaient été révélées grâce à elle. J'étais ambitieux. J'allais gravir les échelons. J'en avais l'intime conviction.

Ce soir-là, alors que je me suis désolé d'être un homme de ménage, je n'avais pas compris que j'avais effectué la première journée de la formation d'un des plus grands pédiatres du Pakistan. Celui que j'allais devenir.

23

Au deuxième jour de mon expérience d'apprenti soignant, je me suis rendu à l'infirmerie avec le secret espoir d'apprendre enfin, quelques rudiments de médecine. Je me suis adressé à Angéla qui m'a répondu avec son sourire gourmand :

– Pour aujourd'hui, tu feras pareil qu'hier.

– Je ne reste pas avec vous ?

– Non. Les dortoirs ont besoin d'être nettoyés. J'ai vu qu'hier, tu n'as pas nettoyé en détail les coins de la pièce.

– Oh ! J'ai cru bien faire.

– Ne t'inquiète pas. Mais aujourd'hui, essaie de t'appliquer.

Je suis reparti vers le placard à balais, l'ego en miettes. Non seulement, je ne pouvais pas apprendre, mais en plus, elle me vilipendait sur ma façon de faire cette tâche de subalterne. Elle était toutefois tellement charmante que je n'ai pas osé répliquer. Je suis reparti avec mon balai et ma serpillière. En lavant le sol, j'ai mis un point d'honneur à vérifier que chaque coin était parfaitement propre.

La journée terminée, j'étais déçu par mon emploi d'homme de ménage, comme je l'avais été la veille. Je me suis endormi en me rassurant :

– Un jour, tu sauras soigner. Patience.

Je me suis répété cette phrase avant de trouver le sommeil, comme d'autres comptent les moutons.

Le jour suivant, je me suis rendu à l'infirmerie. En voyant Angéla, je lui ai montré le placard à balais. Elle m'a fait un signe de la tête, ce qui voulait dire :

– Oui. Aujourd'hui aussi, tu vas laver les dortoirs.

C'est ainsi que chaque jour, je suis allé à l'infirmerie pour mon emploi bénévole, d'homme de ménage.

J'étais locataire de ce centre, depuis deux ans. J'étais l'un des seuls qui étaient restés alors que je me considérais comme guéri. Les membres de l'équipe médicale étaient expérimentés. Ils connaissaient mon passé, savaient que je n'avais aucune famille et ils avaient remarqué que j'avais encore besoin de méthadone. Certes, les instants où je ressentais le manque d'héroïne étaient rares, mais encore existants. Ils ont ainsi accepté de me garder, avec mon consentement et ma demande. J'avais également en tête que je voulais connaître la médecine et qu'ils étaient en bonne position pour me l'apprendre.

Un matin où je m'affairais à laver le sol en prenant garde aux coins et recoins, j'ai entendu un long gémissement. Il venait de la pièce d'à côté. Je me suis arrêté de travailler quelques instants. J'étais malheureusement habitué à entendre ces pleurs et ces larmes. Ces lamentations étaient celles des toxicomanes en manque d'une dose d'héroïne. Ce jour-là, la complainte m'est allée droit au cœur. Elle était la mienne, deux ans auparavant. Elle résonnait dans mon cœur. C'était moi qui pleurais, qui criais. J'ai lâché mon balai et ma serpillière et je me suis précipité dans le dortoir du malade.

J'ai vu l'horreur de ce que j'avais été. Sur le lit du fond, près de la fenêtre, un homme était allongé. Il était jeune mais impossible de lui donner un âge. Les crispations de son visage, de ses muscles le vieillissaient. Il était d'une maigreur qui m'a fait peur. Ses yeux noirs tournaient de droite et de gauche, lorsqu'il m'a aperçu. Il a semblé m'appeler, me supplier. J'ai eu un temps de recul. J'avais peur d'affronter cette partie de moi-même, que je m'étais empressé d'oublier. J'ai fait un ou deux pas en arrière quand sa voix cassée s'est adressée à moi.

– S'il... te... plaît...

Il parlait dans un souffle lent. Il avait besoin de mon aide, mais que faire ?

Je me suis approché lentement. Chaque pas était un effort et une attraction. Je me devais de venir en aide à ce pauvre garçon. J'ai envisagé dix fois de prendre mes jambes à mon cou et de m'enfuir, mais j'ai avancé vers lui et je lui ai pris la main.

Le souvenir de l'attitude de Béate lorsque je suis arrivé, s'est imposé. Elle aussi m'avait pris la main et m'avait parlé pour me calmer.

Je savais par expérience qu'il avait déjà eu de la méthadone, qu'il fallait attendre que le produit agisse. Je n'ai pas appelé l'équipe soignante et je lui ai parlé avec amour.

– Ne t'inquiète pas. Prends patience. Tu iras mieux dans quelques minutes.

Il m'a regardé avec un petit sourire reconnaissant. Il avait reçu l'amour que j'avais reçu à mon arrivée. Après quelques minutes, Béate est arrivée. Elle m'a regardé avec reconnaissance. Elle était heureuse de me voir avancer vers l'amour et la compassion.

J'ai compris que c'est ce qu'elle espérait. Cela faisait partie de ma thérapie et de ma formation.

Durant les jours qui ont suivi, le ménage terminé, je suis passé voir chaque malade. J'avais plaisir à converser avec eux. Ils se sentaient respectés, entendus. J'étais valorisé par leur regard de reconnaissance. J'existais pour eux.

Les membres de l'équipe médicale m'ont regardé, satisfaits de mes progrès. Ils étaient heureux de constater que j'avais déplacé mes centres d'intérêt. Mon énergie n'était plus centrée sur ma reconstruction, mais elle œuvrait à la reconstruction de mon prochain. J'étais sur la bonne voie.

Un matin Angéla m'a dit :

– Aujourd'hui, tu ne vas pas faire le ménage. C'est Nazir qui va s'en charger.

– Ah ! Bien. Et qu'est-ce que je vais faire alors ? ai-je répondu mi-inquiet, mi-curieux.

– Tu vas venir avec moi pour m'aider pour les soins.

– Oh ! Je suis heureux. Je ne l'espérais plus.

– Oui. Pour faire des soins, il faut y être prêt.

– Je suis satisfait de comprendre que je suis enfin prêt.

Elle m'a souri, m'a tendu une blouse blanche que j'enviais depuis longtemps, et m'a donné des gants en caoutchouc.

Je l'ai suivie. Elle était vraiment très belle. Je lui étais reconnaissant de cette faveur. Je l'aimais.

Pour le premier jour, nous sommes allés dans les dortoirs. Elle m'a enseigné les noms des ustensiles. J'ai observé sa façon de faire, pour les pansements, les piqûres et les mouvements qui permettaient aux patients d'être soulagés. Je l'ai observée se comporter avec amour, générosité, patience. Je l'aurais suivi jusqu'au bout du monde.

Le soir, je me suis endormi en rêvant à Angéla et à mes débuts comme personnel médical.

Je me suis réveillé en bondissant comme un cabri à l'idée d'aller la rejoindre et de commencer ma nouvelle fonction.

– J'espère que tu te souviens bien des noms des instruments. La plaie de Nazir s'est infectée. Je vais devoir racler pour enlever le pus. Il faut que je sois concentrée. Il aura mal, même avec l'antidouleur. Il faut que tu me passes ce que je te demande et que tu tiennes sa jambe en même temps.

– Oui. Je comprends que ça va être une opération douloureuse.

– Est-ce que tu te sens prêt ? Dis-le-moi franchement. Je peux demander à Tariq s'il le faut.

– Non. Je me sens prêt. Ne vous inquiétez pas. Je saurai vous épauler.

– Bon. Prends déjà dans le placard à pharmacie ce dont nous avons besoin.

Elle m'a ainsi énuméré les produits et pinces de toutes les sortes, qui allaient nous être utiles. Cela lui a permis de vérifier que j'avais bien retenu les noms des médicaments et autres indispensables pour cette intervention.

Nazir était arrivé drogué, maigre et avait été blessé sur le mollet. Il avait une brûlure très profonde qui ne cicatrisait pas. Son état général était déficient. La perfusion le nourrissait. Il ne parvenait pas encore à digérer ce qu'il mangeait.

Lorsque je suis passé chaque jour dans les dortoirs pour réconforter les malades, je n'avais pas pris conscience de l'état de sa jambe. En effet, il fallait agir rapidement pour éviter la gangrène et une amputation.

Angéla a lavé la plaie après lui avoir fait une piqûre d'anti-douleur. Nazir n'a pas beaucoup bougé, il avait mal. J'ai rapidement compris que ma force n'allait pas le maintenir en place. J'ai choisi de lui parler et il a réussi à rester immobile. L'intervention a été longue. Angéla transpirait. Il faisait très chaud dans l'infirmerie. Nous étions en plein été.

J'ai souffert de la voir faire autant d'efforts pour un être que mes concitoyens considéraient comme un rebut de la société. J'étais en empathie avec elle, autant qu'avec Nazir.

Après le soin, il s'est totalement calmé. Nous avons pu le ramener dans sa chambre où il s'est endormi.

Je venais de participer à ma première intervention médicale. J'étais heureux.

Malgré cette belle amélioration de mes conditions de vie, je ne parvenais pas à oublier Bilal et ses actes odieux, mon frère Ali qui m'avait laissé et n'était pas revenu, la descente aux enfers à cause de la drogue.

24
aujourd'hui

Une fois de plus, je laisse mon manuscrit. Les souvenirs de mes instants dans l'infirmerie sont agréables. Ils ont été mes premiers pas, vers ma vie d'aujourd'hui. Le souvenir d'Angéla est un délice.

J'ai besoin de faire une pause.

Je vais ce matin dans le centre que j'ai créé avec Noor, ma femme. Comme chaque jour, je retrouve Amina et ses doléances. Elle reçoit les enfants. Ils reviennent durant la journée, après avoir passé la nuit dehors. Ils ont des besoins croissants. Il nous faut des bâtiments pour les loger, les soigner et surtout les sortir des griffes de leurs geôliers.

Nous recevons parfois des jeunes filles. Elles arrivent voilées. Elles ne laissent pas paraître une once de peau, de peur qu'on ne les reconnaisse.

Comme hier et les jours précédents, Amina se plaint, non pas pour elle-même, mais face au sort de ces pauvres enfants.

– Comment voulez-vous que je mette dans la même salle, ensemble, les garçons et les filles ? C'est contraire à nos coutumes.

– Je sais, Amina. Mets-les dans le corridor qui va au bureau.

– Mais ça n'est pas possible. Nous n'avons même pas de chaises.

– Tu sais très bien, Amina, qu'ils sont habitués à s'asseoir sur le sol.

– Je sais, mais elles attendent depuis longtemps.

– Je sais, Amina, je sais.

Cette situation devient terriblement inconfortable. Nous avons loué ce bâtiment cinq années auparavant. Il y a plusieurs étages. C'était un vieux bâtiment délabré. Nous avons pu le restaurer correctement grâce à des dons, et à ma clinique. Le loyer nous est offert par le propriétaire. Je tiens à le préciser, car dans mon pays, la générosité des riches n'est pas chose courante.

Le rez-de-chaussée est réservé pour l'accueil et le bureau d'Amina, le premier étage pour l'infirmerie et les deux étages supérieurs pour les dortoirs.

Il nous faut maintenant un dortoir pour filles et surtout une deuxième infirmerie avec Noor comme doctoresse. J'ai trouvé une maison à quelques pas de là, qui peut nous convenir. La propriétaire est une veuve qui fronce en permanence les sourcils. Elle voit d'un mauvais œil la venue de rebuts de la société selon elle. Ce sont pourtant les enfants que nous avons pour mission de soigner. Son attitude me refroidit. J'ai expérimenté à nos débuts, des propriétaires peu scrupuleux qui avaient voulu doubler le prix du loyer sans délai. Face à mon refus, ils ont coupé l'eau, mis des détritus devant la porte, et autres amabilités. Ils pensaient ainsi nous faire plier. Nous avons dû partir au plus vite.

Le bâtiment que je vise, est exactement ce que je recherche, seule la propriétaire ne me convient pas.

Je suis dans l'infirmerie. Face à moi une dizaine d'enfants, maigres, sales, qui me regardent avec l'espoir d'une vie meilleure. J'entends la sonnerie du téléphone à l'accueil. Amina décroche :

– Oui. C'est bien ici. Je l'informe sur le champ de votre appel.

Amina me transfère l'appel et je décroche :

– Monsieur, c'est la femme du ministre de la Santé.

– Merci Amina, je prends l'appel.

– Bonjour Madame, je suis honoré de vous entendre. Je pensais que vous alliez me joindre à la clinique.

– Je suis honoré également que vous acceptiez de me parler.

Nous avons tous deux continué les salamalecs dignes de notre rang.

– Comment va votre enfant ?

– Plus ou moins bien. Il est plus calme et il a moins de crises. Comme vous nous l'avez conseillé, nous avons pris des animaux. Mon mari n'était pas d'accord, mais il n'est presque jamais à la maison. J'ai acheté deux petits chiens, un chat et un perroquet.

– Oh ! Vous m'avez écouté à la lettre.

Je n'ai pas pu m'empêcher de rire discrètement.

– Oui. Je veux faire le maximum.

– Et quels sont les résultats ?

– Nous avons constaté que l'un des petits chiens et le perroquet changent de comportement quelques minutes avant les crises de mon fils.

– Oui, c'est une connaissance que les Allemands utilisent beaucoup.

– Cela nous permet de prévenir la crise. Mon fils se réfugie alors dans un lieu qui lui convient et je trouve que les crises sont moins fortes, plus espacées.

– Je m'en réjouis.

– Mais je vous téléphone également pour la demande que vous m'aviez faite. J'ai parlé à mon époux. Il veut bien avoir une entrevue avec vous pour votre dispensaire.

– Oh. C'est une bonne nouvelle. Je serai à Islamabad dans une dizaine de jours. Est-ce que vous voulez que nous fixions une date aujourd'hui ?

– Il vous recevra à son bureau. Vous devez joindre sa secrétaire, elle est informée de votre venue. J'aimerais que vous veniez voir mon fils, si vous pouvez. Vos conseils sont précieux.

– Mais bien entendu. Je passerai.

Une solution semble se présenter. Ce ministre est un homme strict. Il n'a pas toujours très bonne réputation. Des rumeurs l'ont accusé de corruption. Je n'ai pas d'autres solutions. Il faut que j'obtienne des subventions en plus des dons réguliers venus de l'étranger. Nous avons aussi quelques apports des riches Pakistanais, de riches Indiens, mais ça ne suffit pas.

Ce soir, j'annoncerai la bonne nouvelle à Noor. Cet après-midi, elle a accompagné notre dernière fille à un anniversaire. Nous n'aurons pas le temps de nous voir durant la journée. Comme toutes les mamans respectables, elle va rester dans une salle adjacente à la pièce où sera fêtée cette festivité. La petite copine de Minahil fête ses neuf ans. C'est la fille d'un brillant avocat de Peshawar. Je maintiens des relations régulières avec lui. Son épouse est très proche de Noor. Nous sommes attentifs à fréquenter de hauts représentants de la bonne société.

Je lui parlerai ce soir de ma future visite chez le ministre de la Santé. Nous déciderons ensemble de la stratégie à adopter.

Noor est toujours de bon conseil. Je lui fais confiance.

Je quitte le dispensaire et Amina, en début d'après-midi pour rejoindre ma clinique. Lorsque j'arrive, l'entrée et la salle d'attente sont remplies de parents et d'enfants.

La secrétaire de l'accueil, que j'ai recrutée après le départ de celle du Docteur Khan, était très souriante les premières années. Elle a maintenant le regard de celle qui l'a précédée. Elle est de plus en plus désagréable, harassée par les demandes insistantes des mères, et par les pleurs stridents des enfants. Tout comme la vieille secrétaire revêche qu'elle a remplacée, elle souffre, en empathie avec les petits bouts qui ne peuvent être soignés.

25
aujourd'hui

– Bonjour ma chérie, bonjour mes petites reines.
– Bonjour chéri. Tu rentres tard, m'a répondu Noor.
– Comme souvent, tu le sais. Lorsque je suis parti, la salle d'attente était encore pleine, avec une dizaine de patients. J'ai dû leur dire de revenir demain.
– Oui, je sais. Tu dois être fatigué.
– Papa, j'ai été à l'anniversaire de Sara.

Le rituel du soir est toujours le même. Je rentre tard, Noor m'attend avec les enfants qui m'envahissent de leurs questions, leurs exploits, leurs bouderies ou autres petits événements quotidiens.

Minahil se lance dans de longues explications. Elle me parle des cadeaux que son amie a reçus, des robes qu'elle a vues et qu'elle voudrait que je lui achète. Elle se plaint de petits bobos, pour m'attendrir. Je lui fais un gros câlin pour la consoler.

Ruby, ma première fille, ma pierre précieuse, est boudeuse dans son coin. Elle est affalée sur le canapé, un livre à la main. Je n'ai pas l'impression qu'elle le lit. Elle manifeste seulement son mécontentement. Sa petite sœur prend vraiment beaucoup trop de place.

Mon deuxième fils est déjà couché. Il a des examens demain.

Chaque soir que Dieu fait, je me régale de la présence de ma douce famille. L'étonnement d'avoir réussi à amener le bonheur dans ma vie et dans celle de ma femme est là, dans mon cœur. Je remercie la vie de ce changement de situation.

Les souvenirs de la petite pièce délabrée qui nous servait d'habitation s'imposent trop souvent. Je revois ma mère qui ne parlait jamais, qui criait parfois sous les coups de mon père, mes frères qui m'ont abandonné. Ces images reviennent avec douleur.

J'ai oublié les rancunes que j'ai trop souvent cultivées. Je n'en veux plus à personne. Je voudrais simplement oublier. Et ça, je n'y arrive pas.

Quand je pense à Neha, ma petite sœur, mon cœur se congèle en une souffrance difficile à supporter. Je l'ai abandonnée, bien malgré moi. Où est-elle ? Est-ce qu'elle est toujours avec notre mère ? Est-ce qu'Ali l'a emmenée vers un destin aussi funeste que le mien ? La culpabilité m'engloutit. Je suis pensif, lointain. J'oublie que je suis affalé sur mon canapé moelleux. Noor me ramène à l'instant présent.

– Chéri. Qu'est-ce que tu as ? Tu as un air sombre. Ne t'inquiète pas pour nous. Tout va bien.

– Ma douce, tu me connais bien. Je suis toujours inquiet pour vous. C'est vrai.

Je mens effrontément. Ma tendre épouse ne connaît pas mon passé. Elle ne peut pas comprendre que ce passé est parfois présent.

– Je dois te parler. J'ai une nouvelle qui pourrait se transformer en une bonne chose pour notre centre, ai-je poursuivi.

– Ah ! Je suis curieuse de ce que tu vas me dire.

– Tu te souviens que je t'ai dit que le fils du ministre de la Santé est malade.

– Oui, tu me l'as dit.

Je lui détaille ma rencontre avec Madame et les demandes que j'ai formulées. Son visage est réjoui par cette nouvelle.

– Si elle t'a rappelé, c'est déjà un bon signe.

– Je pense aussi qu'elle veut me satisfaire pour que je sois très attentif à son fils. Elle est vraiment très inquiète pour lui.

– Je la comprends. C'est une maladie très handicapante.

– Oui. Donne-moi un conseil. Je ne sais pas vraiment comment je dois formuler ma demande.

– Déjà, il faudrait que nous soyons précis sur ce que nous voulons faire. Est-ce que tu penses que louer cette maison pour accueillir les petites filles est une bonne chose ? Il va nous falloir du personnel en plus, des médicaments et tout ce qui nous manque régulièrement.

– Je sais, tu as raison. Mais Amina se plaint chaque jour. Elle renvoie des enfants qui sont dans le besoin. Son cœur est autant brisé que le mien. On doit agir.

– Mon cœur est aussi brisé. Mais il faut bien s'organiser.

– Je sais mon amour que ton cœur est grand, encore plus grand que le mien.

– Tout d'abord, est-ce que tu crois que la propriétaire sera correcte ? Elle est très cupide.

– C'est vrai que ça m'inquiète, mais cette maison est juste à quelques mètres de notre centre. De plus, il y a peu de réparations à envisager.

– La maison est idéale, la propriétaire nettement moins.

Elle sourit et je souris également. Elle est la chance de ma vie. Je lui caresse les cheveux. Ils retombent sur ses épaules. Ils sont d'un noir bleuté. Je les trouve magnifiques. Elle les cache à l'extérieur de la maison en harmonie avec nos traditions. Elle est toujours vêtue de l'habit traditionnel pakistanais, une longue tunique fine et un pantalon étroit. Elle rajoute un voile fin sur la tête qui couvre en partie ses épaules.

Je la laisse parler, tout en regardant sa petite bouche en cœur. Je suis fatigué, mais je l'écoute.

– Je pense, Hicham, que nous devrions déjà faire une liste de nos besoins et du prix qu'il nous faudra pour nous installer dans ce lieu. Nous allons également calculer le prix journalier minimum de ce nouveau dispensaire.

– C'est ce que nous devons faire.

– Je le ferai demain avec Amina.

– C'est une bonne idée. Mais comment penses-tu que je peux le présenter au ministre ? Tu connais les hommes politiques, ils sont tellement fourbes.

– Oui, et en plus il y a des rumeurs de corruption en ce qui le concerne.

– Oui, en plus, il est corrompu. Je ne veux pas lui faire miroiter un bakchich.

– Je m'y refuse moi aussi. Je ne veux pas rentrer dans ce jeu. Si nous mettons en place le dispensaire, nous aurons besoin que notre subvention soit renouvelée chaque année. Si nous lui donnons une fois un pot-de-vin, il va en demander chaque année un peu plus.

– Oui. Il ne faut pas aller sur ce terrain.

– La seule chose qui peut l'attendrir, c'est la santé de son fils. Si tu lui parles des enfants miséreux que nous soignons, il va nous faire comprendre que nous n'avons qu'à les laisser. Tu sais qu'il les considère comme des rebuts de la société.

– Je le sais trop bien, ma douce. Je vais suivre ton conseil. J'espère que ça va suffire. Je suis un peu sceptique.

– Moi aussi, mais nous n'avons rien d'autre pour le convaincre.

– Viens ma poupée, je suis fatigué, on va se coucher.

26

Je suis inquiet, mais je reste optimiste. Je vais pouvoir négocier avec le ministre. C'est une opportunité que je dois saisir. Pourtant, au fond de moi, je sais que cet homme est retors, et très peu disposé à aider les plus pauvres. Je verrai bien. Il faut que je trouve une solution.

Je me suis assoupi dans les bras de ma tendre épouse. Je me réveille en sursaut. Je revois Angéla, dans l'infirmerie du dispensaire qui m'a sauvé la vie. Encore une scène du passé qui s'impose à moi.

Elle était belle. Elle était gracieuse et grasse également. Elle était l'opposé des femmes que j'avais croisées. Elle avait la peau claire, le teint rose, les cheveux blonds, les hanches si larges que je craignais parfois qu'elle ne puisse pas passer entre les étagères étroitement placées de la réserve. Angéla était la première femme qui avait suscité en moi un désir charnel. Je la désirais comme je désire ma Noor, aujourd'hui.

Trois ans après mon arrivée dans le dispensaire, alors que j'étais drogué et blessé, j'étais rétabli grâce à son talent et à celui de toute l'équipe. J'étais prêt pour un apprentissage. Je suis devenu un expert en pansements, piqûres, radios et autres soins de base.

Je sortais régulièrement du dispensaire pour des achats ou pour accompagner les malades à des laboratoires. J'avais une grande liberté tout en étant toujours pensionnaire du centre.

Chaque jour, je côtoyais Angéla. Le désir que j'avais pour elle était grandissant. Le sevrage de l'héroïne, avait laissé place à un besoin charnel que je n'avais encore jamais éprouvé. J'étais un adolescent qui découvre la sexualité. Je ne parvenais pas à oublier son corps si appétissant, le soir lorsque je voulais m'endormir. J'en étais parfois obsédé. Mon corps d'adulte n'avait pas traversé les étapes qu'un homme appréhende. J'étais passé du corps d'enfant à celui d'adulte. Impossible à ce moment-là de contrôler mes ressentis. Je la regardais et je ne l'entendais pas. Ses lèvres pulpeuses bougeaient et je ne parvenais pas à capter ses paroles. Le balancement de ses hanches me tourneboulait.

– Hicham, tu m'écoutes ? Il faut aujourd'hui qu'on s'occupe du nouveau patient. Je crois qu'il a le sida.

– Oui.

– À quoi penses-tu ? Tu me regardes sans réagir.

– Oh. Excuse-moi, je suis un peu fatigué.

– Bon, je reprends. Il faut l'accompagner pour un examen complet.

– D'accord.

– Tu vas l'accompagner à l'hôpital. Je les ai prévenus. Ils vous attendent. Tu resteras avec lui. Il est complètement désorienté. Il ne faudrait pas qu'il s'échappe par peur qu'on l'emprisonne. Je sais que tu sauras le rassurer.

– Oui. Je ferai mon maximum. Tu peux compter sur moi, Angéla.

J'entendais à peine ce qu'elle me disait, paralysé devant ses formes appétissantes. Mes pulsions me dominaient. J'ai craint de ne plus pouvoir les maîtriser. Je la voulais pour moi. Je voulais son corps. Je voulais la prendre pour un instant de plaisir.

Le souvenir des relations forcées que j'avais subies, a refait surface. J'ai pensé la soumettre à mes désirs. On ne m'avait rien appris d'autre, alors pourquoi pas ? Bilal m'avait également enseigné qu'une femme est intouchable. Elle doit rester pure pour son mari.

Mais comment faire pour évacuer la pression des hormones qui me torturaient ? Je devais trouver une solution. Je ne pouvais pas me permettre de commettre un crime. Je n'étais plus capable de me contrôler. Je ne savais comment faire. Il fallait que j'agisse au plus vite. L'agréable destin qui se dessinait devant moi, était en péril. Impossible de flancher et de perdre l'avantage de ce que m'apportait ma place dans ce dispensaire.

Une idée a germé. J'allais assouvir ce besoin très masculin avec une autre personne. Je n'avais plus qu'une seule solution.

Je suis arrivé à l'hôpital avec le nouveau pensionnaire, comme Angéla me l'avait demandé. Le patient, que nous soupçonnions d'être malade du sida, devait faire des examens à quelques kilomètres. Je savais que ces analyses allaient prendre plusieurs heures. Nous avons pris un taxi, tous les deux, lui et moi pour nous y rendre. À l'arrivée dans le service de virologie, je me suis présenté.

– Bonjour. La médecin-cheffe, Béate, vous a prévenu. Nous vous amenons un patient pour un bilan complet.

– Oui. On vous attendait. Nous avons déjà tout préparé afin de le regarder sous toutes les coutures.

L'infirmière était une jeune femme pakistanaise. Elle parlait un anglais élégant. Elle a ri en me disant cela.

– Vous pourrez revenir en fin d'après-midi. Nous aurons fini probablement avant, mais il se reposera dans la chambre.

– Bon. Je reviendrai vers 18 heures. Vous pensez que ça sera bien. Il est très craintif. Nous avons peur qu'il s'affole. Il ne semble pas être habitué aux hôpitaux.

– Ne vous inquiétez pas. Nous sommes habitués à recevoir cette sorte de malades. Nous avons du personnel qualifié pour ça.

Elle me désigne avec un petit sourire, deux grands gaillards en chemise blanche.

– Bon, alors je vais revenir vers 18 heures.

– Allons pour 18 heures. S'il s'endort, nous le réveillerons. Nous allons lui donner un calmant.

– À ce soir. Bonne journée.

J'étais maintenant libre de mon temps. Je devais retourner au centre où d'autres patients m'attendaient. J'avais toute la journée avant de revenir chercher le sidaïque.

Le taxi était reparti et j'ai choisi de marcher un peu. Mes pensées tournaient en boucle. Je désirais Angéla, mais je ne pouvais pas la toucher, surtout pas de force. Il ne fallait pas que sa pureté soit entachée. Que faire ? Comment me calmer ? La raison ne l'emportait pas. J'étais terriblement nerveux.

J'ai couru. J'ai pensé qu'un peu d'exercice physique allait me faire du bien. Non. J'étais toujours en proie à mes tourments.

Je n'avais plus qu'une seule solution. Elle me traversait l'esprit depuis plusieurs jours. Je la repoussais malgré moi, mais elle revenait avec autorité.

27

Je me suis rendu vers un lieu que j'avais trop souvent fréquenté lorsque j'étais un héroïnomane confirmé. Je savais que j'allais trouver des jeunes hommes qui se donnaient à la prostitution, tout comme je l'avais fait quelques années auparavant. Le dispensaire m'avait alloué une petite somme pour mes vêtements et de menus plaisirs. Je suis arrivé dans ce lieu de désolation. J'ai pénétré le bâtiment désaffecté. Il n'avait pas changé malgré les sept ans qui me séparaient de ma dernière visite. Je suis monté au premier étage et je les ai vus. Les zombis qui ressemblaient à ce que j'avais été, étaient devant moi.

– T'es nouveau ? Tu veux ma...

Un des zombis est venu vers moi. Il a employé des termes si vulgaires, que je n'ose pas vous les répéter. Un pincement a endolori mon cœur, à l'idée que je les avais prononcés bien trop souvent.

C'était un jeune qui sortait à peine de l'adolescence. Il lui manquait une dent. Sa dentition dépouillée lui donnait un visage épouvantablement misérable. Pourtant, ses traits étaient fins. Je l'ai regardé pétrifié. J'étais face à l'horreur de ce que j'avais été.

– Dis-moi ce que tu veux, a-t-il continué entre les dents, avec des mots lents et grossiers. Tu veux me... ou tu veux une dose. T'es beau, avec toi, ça ne sera pas cher.

Que faire ? Fuir ou assouvir mes besoins ? Après tout, j'étais venu pour ça. Je voulais avoir une relation sexuelle comme un homme le fait avec une femme. J'ai voulu partir en sixième vitesse, j'ai pensé oublier ce qui m'avait fait venir, mais les parties les plus attractives d'Angéla me sont revenues en mémoire. J'ai fermé les yeux au souvenir de son profil. J'ai visualisé ses lèvres, ses belles joues, et surtout sa croupe et ses seins voluptueux.

J'ai attrapé avec force le jeune paumé, qui s'obstinait à me montrer sa bouche écœurante. Je l'ai emmené dans la pièce du fond, où dans le passé, j'avais exercé l'épouvantable métier de prostitué, et je l'ai retourné brutalement.

L'acte terminé, je lui ai lancé les billets que j'avais en poche. Je me dégoûtais et je lui ai reproché ce dégoût. Le souvenir des hommes qui me lançaient, eux aussi, les roupies qu'ils me donnaient, m'est revenu. Je les ai compris. Ils étaient comme je suis aujourd'hui, esclave de leurs pulsions. Ils m'avaient méprisé parce qu'ils se méprisaient eux-mêmes. Tout comme je l'étais à cette minute, ils avaient honte d'être réduits à cette infamie.

Je suis sorti du bâtiment, épouvanté par ce que je venais de faire. Je n'étais qu'une ordure, un malade du sexe, un homme sans envergure. Je me suis insulté en silence. Je me suis lamenté sur ce que je venais de faire. J'étais désespéré, horrifié par ce bond en arrière. Comment rentrer au centre, où Angéla devait se demander pourquoi je n'étais pas revenu ? J'avais honte. Je me suis détesté. J'ai voulu oublier cet instant funeste.

C'est à ce moment-là qu'une autre pulsion s'est invitée, bien malgré moi.

« Il me faut une dose. Une dose d'héroïne va me calmer. Je vais chercher une dose et après, je me sentirai bien.

Je redeviendrai un homme honorable grâce à une dose. Ça va me permettre d'oublier. »

Cette affreuse pensée envahissait mon cerveau. Je ne rêvais que de me faire un trip. Aucun frein ne parvenait à me stopper dans mon élan. Je n'étais plus moi-même. Je voulais une dose sans être capable de penser aux conséquences. J'entrepris de retourner vers Sahib, cet acolyte du diable, qui me fournissait dans le passé.

Je suis arrivé devant sa porte.

– Bonjour,

La fausse pharmacienne ne m'a pas reconnu. Il est vrai que j'avais la mine de celui qui est en bonne santé. Elle a réagi quand je lui ai donné le code.

– Oh ! Je te reconnais. Tu es Hicham.

– Oui.

Elle m'a regardé avec méfiance. D'autres se seraient réjouis de voir que j'étais devenu un homme respectable. Mais il était manifeste que ça n'était pas son cas.

– Attends-moi, je vais voir Sahib.

J'ai entendu quelques baragouinages dans l'arrière-boutique et elle est réapparue.

– Entre, m'a-t-elle dit. Sahib veut bien te recevoir.

Sahib était toujours affalé sur son matelas, à la même place que les années précédentes. Il avait vieilli, j'avais l'impression qu'il était malade.

– Bonjour Hicham.

– Bonjour Sahib.

– Je vois que tu te portes bien. Tu as de beaux habits. Je suis heureux pour toi, m'a-t-il dit.

– Je te remercie Sahib.

– Qu'est-ce que tu veux, mon fils ?

– Donne-moi une dose.

– Une dose. À voir ta tête, je vois que tu as décroché. Pourquoi veux-tu une dose ?

– Parce que j'en ai besoin.

– Pourquoi tu en as besoin. Ton amoureuse t'a laissé tomber ?

– ...

– Tu ne réponds pas ? Si tu veux une dose après toutes ces années, c'est que tu as une contrariété.

– Rien de grave. Je veux juste une dose.

– Et combien tu as ?

– 5000 roupies.

– Ça n'est pas assez.

– Mais avant, je te donnais 2000 roupies.

– Oui, mais avant, c'était avant. Tu sais, j'ai des problèmes aux reins et je dois aller souvent à l'hôpital. Ça coûte cher, tu sais ?

– Donne-moi une dose.

J'ai haussé le ton et je me suis approché de lui, menaçant. Sahib est resté calme, en agitant lentement la main.

– Ne t'énerve pas mon fils. Je suis heureux que tu aies décroché. Tu ne vas pas retomber dans la drogue ? Au fond, je t'aime bien.

Cet oiseau de malheur osait me dire qu'il m'aimait bien, alors que durant des années, il a contribué à ce que je devienne une loque. J'étais fou de rage.

– Calme-toi, calme toi, m'a-t-il crié avec une lueur de peur dans les yeux.

Derrière moi, ses deux gardes du corps étaient rentrés dans la pièce. Je n'ai eu d'autres solutions que de reculer.

– Calme-toi, mon fils, a-t-il répété. Tu sais, je connais les gens accros aux drogues. Après tout, je suis pharmacien de formation.

La colère m'est montée de nouveau aux narines. Il était tout sauf un pharmacien digne de ce nom.

– Tu sais, mon grand, ceux qui ont été accros comme tu l'as été, peuvent mourir s'ils reprennent après un long sevrage. Ton corps a fabriqué des résistances et une prise peut créer une réaction violente. C'est de ta vie qu'il en va.

Je l'ai regardé interrogatif. Est-ce que ce Sahib avait une once d'humanité en lui ? Il est vrai que j'avais entendu Béate nous l'expliquer. J'avais choisi de ne pas m'en souvenir. J'étais obsédé par l'envie de m'abrutir avec ce produit toxique. Je voulais oublier ce que j'avais fait à ce pauvre jeune drogué. Peu m'importait si j'allais mourir ou pas. Je voulais une dose pour oublier que j'étais un minable.

– Et si tu meurs, a rajouté Sahib, c'est ma réputation qui va en pâtir. Plus personne ne viendra. Tu comprends mon grand.

Je reconnaissais bien là, son cœur de pierre. Je suis parti furieux.

J'ai marché, longtemps. J'ai couru éperdument. Je voulais que mon corps me fasse mal. Je me suis imposé cette punition, pour oublier que mon âme souffrait.

Je suis rentré au centre où tous m'attendaient.

– J'espère que ça s'est bien passé.

– Oui. J'ai marché, car j'avais besoin de faire de l'exercice.

Béate m'a regardé avec inquiétude. Il était de bon ton de ne pas demander avec insistance, lorsque nous avions du retard. La thérapie était basée sur la confiance. Nous n'étions pas surveillés, mais je voyais bien qu'elle avait perçu mon malaise.

– J'ai téléphoné en début d'après-midi à l'hôpital. Ils ont eu du mal à le calmer. Heureusement qu'ils ont pu lui administrer un calmant.

Je n'ai rien répondu. J'étais tétanisé. Elle avait probablement compris que j'avais fait un écart de conduite. Par ces paroles, elle me faisait comprendre que j'avais déserté mon poste. Je l'ai regardée avec insistance. J'ai cherché à deviner sur son visage si elle se doutait de quelque chose.

Depuis que le centre était en fonction, les membres de l'équipe avaient de nombreuses réussites. La plupart des drogués étaient sevrés grâce aux soins dispensés dans cette clinique. Malheureusement, il y avait eu quelques rechutes. Cela représentait un échec douloureux pour tous les soignants. Non pas que leur orgueil ait été touché, mais la tristesse était de retrouver des jeunes, morts ou de nouveau prostitués, alors que nous les avions côtoyés, nous les avions aimés.

Lors des jours qui ont suivi mon escapade, j'ai perçu des attentions particulières de la part de mes camarades. Manifestement, ils craignaient pour moi un dérapage. Ils étaient au fait des relances du corps, face au manque.

Les jours suivants, je me suis torturé. Je voulais effacer de mon esprit ce que j'avais fait. Après m'être détesté, j'ai décidé de reprendre les séances de méditation. Je les avais abandonnées. Peu à peu, j'ai pu accepter cet instant funeste. Tant bien que mal, je me suis pardonné cet épouvantable écart.

Sahib m'avait probablement sauvé la vie. En effet, j'ai eu la confirmation qu'une prise d'héroïne, après un long sevrage, peut être très mal vécue. Elle est parfois fatale. De plus, si j'avais pu prendre cette drogue, l'équipe du dispensaire s'en serait aperçue. Je pouvais oublier ma place au soleil. Ils ne m'auraient pas rejeté, mais la progression que j'effectuais auprès d'eux, aurait été compromise.

Est-ce que je devais remercier Sahib ? Peut-être un peu. Cet instant est devenu doux à ma mémoire. Ce passage m'a mis face au danger que je pouvais encourir. J'ai fini par oublier l'incident de ma visite chez lui.

Mais impossible d'oublier cet acte horrible auprès de ce pauvre drogué. Sans succès, j'ai voulu me convaincre que j'avais des besoins bien naturels. Les assouvir de cette façon était une idée insupportable. Tout cela me tourmentait, bien malgré moi.

Chaque jour, je travaillais avec Angéla. Je la trouvais toujours désirable, mais mon esprit était maintenant maître de mon attirance pour elle. J'aimais sa présence, sa gentillesse, sa patience, son intelligence. Après plusieurs semaines, j'ai pu faire un distinguo entre un désir physique naturel, et une relation amoureuse. Cette pulsion bestiale devenait un acte salvateur. J'avais été un homme dans la relation physique avec ce pauvre prostitué. C'était une première. Mon passé m'avait fait me soumettre aux mâles.

J'ai ainsi positivé une situation que je trouve aujourd'hui sordide.

Il me manquait peu d'années avant d'avoir 30 ans. Béate m'avait proposé d'intégrer une école de médecine en plus du dispensaire. Le chemin était tracé, je pourrai être médecin comme je l'avais rêvé. J'étais bien décidé à devenir pédiatre pour sauver les enfants miséreux de leurs horribles conditions sanitaires.

Je voulais aussi me marier, avoir des enfants. Je voulais construire la famille que ma naissance ne m'a pas donnée.

28

– J'ai parlé au pédiatre Docteur Ali Khan, qui a une clinique à l'autre bout de la ville. Nous y sommes déjà allés ensemble.

– Oui. Je vois bien qui est Docteur Ali Khan. C'est un brillant pédiatre.

– Oui. C'est le meilleur de la ville, peut-être même du pays.

– Je le pense aussi.

– Il est un peu âgé. Il est parfois fatigué. Il a besoin d'une personne pour le seconder.

Béate était venue un matin, alors que je terminais les soins auxquels j'étais formé, dans le dispensaire. Depuis plus de deux ans, je soignais les malades avec la même indépendance qu'un médecin. Chacun était unanime pour dire que j'étais doué et que je comprenais vite. Je me sentais comme un poisson dans l'eau. J'aimais soigner et les patients aimaient ma présence. Ils ne se doutaient pas que je les comprenais si bien parce que mon passé était leur présent.

– Je lui ai parlé de toi. Tes études sont presque terminées. Si tu le veux, il va te former pour soigner les enfants. Les pathologies sont différentes. Tu as déjà les bases, a-t-elle continué.

– Oui. Je suis très heureux à cette idée.

– Je vais le contacter pour que tu puisses le rencontrer.

– Merci Béate. Je suis très reconnaissant de ce que vous faites pour moi.

– Ne le sois pas. Ma joie est de voir que notre action sauve des pauvres. Et de constater que nous avons pu aider une personne comme toi, à devenir un bon médecin, est un accomplissement.

– Merci. Vous êtes une femme formidable.

En retournant dans la chambre que je louais à proximité du dispensaire, j'ai savouré la chance qui m'était donnée. J'étais déjà incroyablement étonné d'être devenu médecin. De me spécialiser dans la pédiatrie était inespéré. Il est vrai que je l'avais suggéré plusieurs fois.

– Comment penses-tu t'organiser une fois que tu auras ton diplôme ? m'avait demandé Béate.

– J'espère que vous continuerez à m'accepter ici.

– Bien évidemment. Les patients t'apprécient beaucoup. Tu n'as pas d'autres ambitions ?

– J'avance étape par étape. Une fois que j'aurai mon diplôme, j'aviserai.

– Bon. C'est bien.

– Je pensais me spécialiser dans la pédiatrie. Nous recevons parfois de très jeunes adolescents et j'aimerais en savoir plus sur eux.

– C'est en effet une bonne idée.

Voilà pourquoi Béate avait pensé à moi, quand le Docteur Khan lui avait fait part de son besoin de prendre un assistant.

Ce pédiatre réputé était déjà âgé, il avait dépassé les 70 ans. Il travaillait avec un autre pédiatre qui était tout aussi débordé que lui. Il était souvent fatigué, il ne pouvait se rendre dans sa clinique chaque jour. La file d'attente des patients devant son office, était vertigineuse. Il était clair qu'il lui fallait de l'aide.

Durant les jours qui ont suivi, j'ai trépigné d'impatience à l'idée de travailler avec le fameux Docteur Ali Khan. C'était un honneur. J'ai dû attendre une quinzaine de jours, qui m'a paru être une éternité.

– Hicham. Nous avons rendez-vous demain à 15 h. Je sais que tu dois être en cours à cette heure-ci, mais pour une fois, tu seras absent.

– Oui. Je demanderai à mon ami Saïd de me donner ses notes.

– Je me doute que tu n'auras pas de problèmes pour récupérer ce que tu auras loupé. Tiens-toi prêt ici. Nous irons en taxi.

– Je serai prêt.

Le lendemain, comme prévu Béate a demandé au taxi qui nous était fidèle, de nous emmener à la clinique si connue à Peshawar. Nous sommes arrivés devant un bâtiment à la façade décrépie. L'architecture était celle des établissements bâtis dans le but de recevoir une clientèle de malades. C'était un simple cube à l'allure peu attractive. L'entrée était tout aussi peu accueillante. Aucune ornementation n'avait été installée. Je me suis fait la remarque que les enfants ne devaient pas être rassurés par un décor aussi peu ludique. La secrétaire était à l'image de l'environnement, très peu souriante, avec des lunettes dont l'un des verres était brisé et rafistolé.

Malgré ce spectacle de désolation, il y avait des mamans et des enfants en attente dans chaque coin et recoin. Je voyais des femmes de classe moyenne et d'autres qui étaient manifestement plus aisées. Je pouvais les reconnaître à leurs vêtements de belle qualité. Fidèle à sa réputation, la clinique recevait également des femmes très pauvres. J'étais désolé de voir des enfants aux pieds nus, aux cheveux remplis de poux. Tout ce monde cohabitait dans le même espace. Chacun des parents avait eu la décence de se regrouper en catégorie sociale.

– Nous avons rendez-vous avec Docteur Khan, a annoncé Béate à la vieille secrétaire.

Celle-ci n'a pas eu l'audace de lever la tête. Elle nous a simplement regardés brièvement au-dessus de ses lunettes et nous a désigné le chemin vers son bureau, en jetant sa main en direction du fond du couloir.

Béate m'a souri et fait un signe qui voulait dire :

– Pas très aimable cette secrétaire.

Au fond du couloir, nous avons aperçu un groupe de mères et quelques pères, qui portaient des enfants. Certains pleuraient, d'autres étaient endormis ou inconscients. J'ai regardé avec tristesse ces pauvres petits bambins qui souffraient dans les bras de leurs protecteurs. Je n'avais qu'un seul désir, c'était de les prendre et de tous les soulager de leurs maux.

Au bout du couloir, il y avait une grande salle. Nous nous sommes approchés. J'ai vu un vieux pakistanais aux traits tirés qui auscultait la gorge d'une petite fille. Il avait avancé ses vieilles lunettes sur le bout de son nez pour mieux inspecter le gosier de l'enfant. Je me suis dit avec malice que même avec des lunettes au bout du nez, il ne devait pas voir grand-chose. Les autres parents, qui attendaient pour leur progéniture, étaient à côté de lui. Ils observaient les investigations du médecin. Il n'y avait aucune intimité, ce qui est courant, dans beaucoup d'hôpitaux de notre pays.

Béate s'est avancée vers lui.

– Docteur. J'espère que vous allez bien.

– Merci, Béate. Je suis très occupé comme vous pouvez le voir.

– Je suis venue avec Hicham. Je vous en ai parlé.

– Bonjour, Hicham.

– Bonjour Docteur. Je suis très heureux de faire votre connaissance.

Tout en continuant son auscultation, sans lever le nez vers moi, il m'a interrogé.

– Alors, il paraît que tu veux apprendre le métier de pédiatre.

– Oui. C'est un rêve.

– Et tu es déjà médecin ?

– Je suis en dernière année de médecine, mais je pratique déjà.

– Bon. C'est déjà une bonne chose. Et tu aimes les enfants ?

– Bien évidemment. Ces êtres sans défense m'attendrissent.

– Ils sont parfois difficiles, tu sais.

– Ce sont des enfants, lui ai-je répondu.

Le jeu des questions-réponses a duré quelques minutes. Cela se passait devant les autres parents qui attendaient leur tour et devant la petite fille qui avait fini par fermer la bouche. Ce manque d'intimité m'a choqué. Je me suis dit que je ferai différemment quand je serai pédiatre. De plus, à aucun moment, il ne m'a regardé, il se contentait de poser les questions et d'attendre la réponse, en palpant les ganglions de sa patiente.

– Bon. Dis-moi quand tu peux venir ? Tu m'as l'air très occupé, tu étudies et en plus, tu exerces déjà. Quand est-ce que tu auras un peu de temps ?

Béate s'est empressée de rajouter.

– Nous pouvons le libérer deux demi-journées par semaine.

– Bon. C'est déjà un bon point.

– Et je peux aussi venir certains jours, lorsque je termine mes cours plus tôt.

– C'est une bonne chose. Nous verrons au fur et à mesure. Pour cette semaine, dis-moi quand tu pourras te libérer pour que je sois là.

– Demain vers 4 heures de l'après-midi.

– Je serai là. De temps en temps, tu travailleras avec mon associé. Il est plus jeune et connaît de nouveaux traitements.

– Je suis très heureux d'apprendre avec vous.

– Attends de me connaître.

Il a froncé les sourcils d'un air dubitatif. Il pensait probablement que lui aussi attendait de me voir à l'œuvre.

Nous sommes repartis en taxi comme nous étions venus.

En sortant, nous avons croisé une jeune infirmière qui nous a souri. Elle a échangé quelques mots avec Béate. Toutes deux semblaient très bien se connaître. Elles se sont regardées avec beaucoup d'amour. J'ai été surpris de constater que Béate avait une attitude protectrice envers elle. Je ne l'avais jamais rencontrée auparavant. C'était une Pakistanaise d'une vingtaine d'années.

J'avais mis une fois de plus, un pied vers une destinée qui allait faire mon bonheur. J'allais apprendre la pédiatrie.

29

Quelques jours après, j'étais dans la clinique délabrée du célèbre docteur Khan. Comme lors de ma première visite, les parents et leurs enfants étaient agglutinés dans la pièce où il auscultait. Une longue file d'attente s'allongeait à l'extérieur.

Depuis plusieurs années, j'étudiais la médecine à la faculté de Peshawar. Je complétais mon enseignement dans une école allemande, maison mère du dispensaire dans lequel je travaillais et qui m'avait recueilli.

Dès les premiers instants passés au côté du Docteur Khan, j'ai pu constater avec effroi que les règles d'hygiène enseignées par mes professeurs, n'étaient pas respectées. Ce vieux pédiatre soignait avec des méthodes désuètes, décriées par mes pairs. La présence d'autres patients dans la salle de consultation était le premier signe d'un retard sur la modernisation des lieux. La stérilisation des instruments m'a paru très approximative. Le manque d'intimité m'a choqué. Les mères et les pères décrivaient devant les autres parents silencieux, les douleurs de leurs enfants.

Je me suis demandé ce que je faisais là. Pourquoi est-ce que Béate m'avait envoyé dans ce lieu rétrograde, pour que j'apprenne la pédiatrie ? Mon orgueil de jeune médecin m'a fait penser que j'en savais beaucoup plus que lui.

– Ah ! Mon grand ! m'a-t-il dit après m'avoir fait attendre de longues minutes sans m'adresser la parole. Mets-toi tout de suite au travail. Renseigne-toi auprès de tous ces pauvres malades pour détecter les pathologies dont ils souffrent. Il y a une épidémie de dysenterie. C'est très grave chez les enfants. Il faut traiter au plus vite.

– Euh ! Comment voulez-vous que je procède ?

– Eh bien ! Tu parles et tu leur demandes qu'ils t'expliquent les symptômes de leurs enfants. Tu sais parler l'ourdou et le pashto, tu parles même l'anglais. Alors pourquoi me poses-tu ces questions stupides ? a-t-il ajouté avec mauvaise humeur.

– Oui. Bien sûr Sir. Où puis-je avoir une feuille de papier et un stylo ?

– Pour quoi faire ? Tu n'as pas de mémoire ? Tu ne veux pas un boy aussi ?

Il était maintenant très contrarié. Je l'ai entendu grommeler :

– Mais qu'est-ce qu'ils m'ont mis dans les pattes ? Ces jeunes ne sont vraiment pas dégourdis.

Le ton était donné. Quelques minutes avant, je pensais que j'allais lui enseigner les nouvelles règles d'hygiène. Il venait de me recadrer et de me montrer que j'allais devoir me soumettre à ses ordres.

Sans feuilles de papier ni stylos, j'ai interrogé chaque patient. Le mot « patient » était très approprié puisque certains attendaient depuis plus de trois heures.

J'ai dû faire appel à ma mémoire, lorsque Docteur Khan a tourné le nez vers moi pour m'interroger.

– Alors ?

– Cet enfant a des diarrhées, celui-là a des ganglions, celui-là...

J'ai énuméré les maux de chacun. Il a paru réfléchir.

– Et tu as pris leur température.

– Euh ! Non.

Alors, tu es médecin ou pas ? Je ne vais pas tout t'expliquer, a-t-il vociféré.

C'est à ce moment-là que je me suis dit que j'allais me diriger vers l'entrée de la clinique qui sera pour moi une sortie définitive de ce lieu d'humiliation. Mais j'ai ravalé mon ego et j'ai rajouté, penaud :

– Oui, je vais le faire tout de suite.

Je me suis approché du premier enfant, mon instrument à la main. J'ai entendu sa voix qui me criait :

– Combien a-t-il ?

– 37°9.

– A-t-il les ganglions enflés ?

– Non.

– Palpe son ventre.

Tout en continuant à soigner le bambin qui était devant lui, il m'a prodigué des informations judicieuses. J'ai rapidement compris qu'il avait une mémoire prodigieuse. Je n'ai pas répété une seule fois les problèmes de chacun des enfants. Je les avais énoncés quelques instants auparavant, il s'en souvenait parfaitement. Grâce à mes rudiments de médecine, j'ai pu apprécier la justesse de son diagnostic. Il m'a ordonné de faire asseoir au fond de la pièce cinq mamans avec leur enfant dans les bras. Il voulait les ausculter plus précisément. Pour les autres, il a énoncé la liste des médicaments. Les remèdes étaient différents pour chacun et je n'avais toujours pas de feuilles de papier ni de stylos. J'étais paniqué. Je ne voulais pas me tromper. Donner le remède de l'un à l'autre aurait été préjudiciable à la santé des malades et à mon ego. J'avais très largement compris que je ne pouvais pas lui demander de répéter, sous peine de me faire rabrouer sèchement.

Dès le premier jour, j'avais subi le principal enseignement de Monsieur Khan, faire marcher sa mémoire.

Après quelques jours, j'ai su que l'absence de papeterie non-indispensable à ses yeux, était due à un souci d'économie.

– Le docteur Khan met tout son argent dans l'achat de médicaments. C'est un homme très généreux.

La vieille secrétaire, qui avait oublié depuis longtemps le mode d'emploi du sourire, avait fini par se dérider et par m'expliquer les règles de base de l'établissement. Elle avait manifestement une grande admiration pour cet homme, admiration qui est née au fil des jours passés à ses côtés.

Durant les premières semaines, je suis arrivé chaque jour, très stressé, à l'idée de me faire réprimander à cause de tous mes petits manquements. Les jours ont passé. J'ai continué mon enseignement avec plaisir. J'ai aimé cet homme rustique, rempli de compassion. Il palpait les enfants avec dignité. Il leur parlait avec peu de mots, avec des regards rassurants. Il imposait une force tranquille qui contribuait à la guérison. Les enfants ne pleuraient pas. Ils sentaient sa bienveillance. Ils le regardaient avec confiance.

J'ai rapidement compris d'où venait sa célébrité. Son diagnostic était juste, et son amour était désintéressé.

Son attitude envers moi a évolué. Il ne répondait jamais à mon bonjour quotidien, mais je sentais qu'il était heureux de ma présence. Il n'a plus déployé son agacement devant mes maladresses. Il m'a parlé avec calme, les semaines passant.

Après plusieurs mois, alors qu'il palpait un enfant pâle comme la neige fraîchement tombée, il m'a dit :

– Tu vas t'occuper des enfants qui ont des petites maladies, aujourd'hui, sans que tu n'aies besoin de me consulter.

– Avec plaisir.

– Je regarderai ceux qui sont les plus atteints. Il y a des enfants qui m'inquiètent. Je voudrais les ausculter plus longuement.

– Oui.

Son regard était confiant et suppliant. Depuis les débuts de mon arrivée dans cette clinique, j'ai vu cet homme fatigué. Son âge avancé était manifestement lourd à porter. Son œil souvent triste, l'était beaucoup plus lorsqu'un enfant ne pouvait être soigné. La vieille secrétaire avait raison, il avait un grand cœur. Il voulait sauver tous les enfants et il se désolait face à ses limites. Auprès de moi, il s'était parfois laissé aller à me regarder avec désolation. Il avait des larmes au bord des paupières. J'aurais voulu le soulager, mais moi aussi, j'étais face à mes limites. Il portait le malheur de ces petits bambins, comme s'ils étaient les siens.

J'étais fier d'être à ses côtés. Je le respectais et je l'aimais comme un père.

Je me suis promis que j'allais soigner comme il le faisait. J'ai pensé que dans quelques mois, j'allais avoir mon diplôme de médecin. Ma formation auprès du docteur Khan était une référence reconnue. Elle constituait le diplôme de pédiatre. J'étais enfin devenu celui que je rêvais d'être, un pédiatre.

Comme il me l'a demandé, j'ai fait un débriefing des patients. J'ai sélectionné ceux qui avaient des pathologies lourdes et je les ai installés au fond de la pièce. J'ai demandé aux autres de former une file indienne, et j'ai consulté pour la première fois comme je l'avais désiré, en médecin autonome.

Mon but était atteint.

Le lendemain et les jours qui ont suivi, nous avons renouvelé l'expérience. Une grande complicité s'est installée entre le fameux Docteur Khan et moi-même.

Le soir, souvent très tard, alors que je traversais la clinique pour sortir, je croisais les membres du personnel hospitalier. J'ai ainsi fait connaissance avec d'autres aides et infirmiers. Ce soir-là, comme certains autres soirs, j'ai vu passer l'infirmière qui avait chaleureusement salué Béate, lors de notre première visite.

– Bonsoir. Reposez-vous. La journée a été longue, lui ai-je dit chaleureusement.

– Oui. Bonsoir.

Elle m'a répondu à voix basse, discrètement, en regardant le sol. Elle me paraissait sympathique, mais sa timidité était un obstacle. Je n'ai pas insisté et je suis sorti en l'oubliant sur-le-champ.

30

Cette période de ma vie est l'une des plus belles. Je l'écris avec ferveur. Je reviendrai plus tard sur les projets d'aujourd'hui. Je vous raconterai mon rendez-vous avec le ministre de la Santé, la semaine prochaine, quand je me rendrai à Islamabad.

L'apprentissage du Docteur Khan a été long et parfois rude. Il savait me faire comprendre mes erreurs.

– Tu ne vois pas que cet enfant souffre des intestins. Mais enfin. Regarde avec tes yeux et ton cœur. Ce n'est pas possible d'être aussi nigaud... Si tu veux devenir un pédiatre, il faut y mettre du tien.

– ...

Je restais muet. Il haussait la voix et je me taisais. Il s'énervait, il me rabrouait avec force, et je ne réagissais pas. Je ne voyais pas une once de haine dans ses yeux. Il avait une force d'amour indétrônable, pour moi et pour les enfants. Il ne supportait pas que ces petits bouts d'humain pâtissent de mes erreurs. Il souffrait autant qu'eux. Il ne manifestait jamais sa satisfaction, lorsque les soins étaient faits correctement.

– C'est notre travail de les soigner. Nous n'avons pas à nous réjouir. Nous devons nous reprocher nos erreurs.

Il m'a énoncé cette phrase qui est encore dans ma mémoire, plus d'une fois. La première fois que je l'ai entendue, je m'étais félicité d'avoir trouvé une pathologie assez rare. Il n'avait pas aimé la fierté que j'en avais retirée. Il a insisté pour que je ne vive jamais d'orgueil face à mes réussites, mais pour que je m'attriste de mes échecs. Dure leçon que je cherche aujourd'hui encore à mettre en application.

Chaque jour, son attitude me faisait comprendre que notre fonction n'est pas un métier, mais une mission. Je me suis souvent senti tout petit à côté de lui.

J'ai apprécié son entière dévotion. Je voyais aussi sa fatigue. Il n'était qu'un homme et non un immortel tel Chiron, le centaure de la mythologie grecque*. Je redoublais d'efforts afin de l'épauler. Je ne comptais pas mes heures. Je l'observais à tous les instants, y compris pendant que je soignais un enfant. Nous auscultions dans la même salle. Je me levais pour aller chercher les instruments dont il avait besoin, sans qu'il me le demande. Je voulais lui épargner des efforts.

C'était un enseignement supplémentaire.

Je sortais rarement de la salle de consultation. Docteur Khan avait fait venir grâce à Béate, une jeune fille qui voulait devenir pharmacienne. Nous lui dictions les noms des médicaments nécessaires pour chaque enfant, ainsi que la posologie. Elle se chargeait d'expliquer aux mamans le moyen de les administrer. Elle était d'une aide précieuse.

Lorsque le soir, j'arrêtais mon travail, malgré la file d'attente qui attendait encore dans l'entrée, il m'arrivait de croiser sur le pas de la porte, la jeune infirmière dont je vous ai déjà parlé. Elle était charmante. Toujours aussi réservée, elle me souriait parfois alors que je cherchais à entrer en contact avec elle.

– Bonjour. Vous rentrez tard ce soir.

– Oui.

---

* Chiron, immortel centaure, médecin de toutes les pathologies.

Impossible d'en savoir plus. Elle était fine, de petite taille. Ses yeux étaient ambre. Certains peuples des montagnes ont les yeux clairs, souvent verts, parfois jaunes. Son visage avait des traits fins. Elle le cachait derrière son voile.

J'ai de nouveau osé une tentative, un soir de mousson.

– Il est tard et il pleut. Voulez-vous que je vous raccompagne ?

– Non. Merci.

Je l'ai vu fuir comme une petite souris qui ne veut pas être attrapée par le méchant matou.

J'étais contrarié. Je voulais la connaître. J'étais attiré sans qu'un désir ne vienne en moi. Je n'avais plus eu de pulsions depuis mon attirance pour Angéla. Le contact du jeune héroïnomane m'avait profondément humilié. Je refusais de penser à cet instant.

Je voulais simplement la connaître, lui parler, voir son visage en dehors d'instants fugaces.

Chaque soir où je la croisais, j'ai renouvelé ma tentative d'approche, sans trop de succès.

Béate est venue nous rendre visite, en fin de journée. Elle était accompagnée d'une jeune femme médecin, qui elle aussi voulait devenir pédiatre. Tous trois, moi, le docteur et Béate, nous avons discuté sur la place qu'elle pouvait prendre dans notre clinique. Docteur Khan s'est adressé à elle avec la même rudesse qu'il avait eue avec moi les premiers jours. De plus, bien que très humain, il restait de culture pakistanaise. Il pensait que les femmes devaient être mères, épouses, institutrices ou infirmières, être secrétaire était toléré à ses yeux. Il n'était pas de cette génération qui pouvait admettre que d'autres solutions se présentent à une femme. La jeune fille a été effrayée, à en juger son mutisme et ses yeux apeurés. On ne l'a plus jamais revue.

Je suis reparti avec Béate. Nous avons décidé de passer une partie de la soirée dans un bon restaurant de la ville.

En sortant, nous avons croisé la jeune infirmière qui m'attirait tant.

– Noor. Tu es encore ici. Il est tard, lui a dit Béate.

– Oui. Béate. Il y a tellement d'enfants qui sont alités. Je les ai installés pour la nuit.

Je me suis souvenu que lors de notre premier passage dans cette clinique, elles s'étaient rencontrées. Elles avaient eu l'attitude de personnes qui avaient un lien affectif très fort.

– Hicham. Tu dois connaître Noor puisque vous travaillez dans le même établissement.

– Nous nous croisons, mais nous n'avons pas encore sympathisé.

– Noor. Tu ne connais pas encore Hicham ? C'est un gentil garçon. Tu peux lui faire confiance.

Intérieurement, j'ai remercié Béate, pour cette entrée en matière. Elle était vraiment un ange bienfaiteur. Le visage de Noor s'est tourné vers moi, et j'ai enfin pu voir son magnifique sourire. Et voilà, j'étais tombé amoureux. Nous sommes sortis. Noor a accepté que notre taxi la dépose non loin de chez elle. Elle m'a de nouveau accordé l'immense privilège de me sourire avec franchise. J'étais sur un petit nuage. J'étais surtout étonné d'avoir un sentiment que je n'avais jamais connu. L'amour était un concept, une illusion qui m'étaient inaccessibles.

Je me suis endormi tant bien que mal, obsédé par les jolies lèvres de Noor. J'ai rêvé d'elle autant éveillé, qu'endormi. Je me suis levé avec son visage à la place des pupilles.

Après une bonne douche, j'ai réussi à sortir de cet état très particulier, celui des premiers instants d'un amour que l'on sait exceptionnel.

Je savais qu'il allait falloir que je l'apprivoise. J'avais remarqué à quel point elle était sauvage. Pour l'approcher, je devais demander de l'aide. J'étais totalement inculte dans le domaine de l'approche amoureuse.

Un premier pas avait été fait grâce à Béate. J'avançais sur un chemin de conquête, la conquête de ma dulcinée.

31

De retour à la clinique, je n'ai eu de cesse de vouloir m'entretenir avec Noor. Je trouvais de multiples prétextes pour sortir de la salle de consultation. J'espérais la voir, mais ce jour-là, elle n'est pas venue travailler.

Le soir, je me suis morfondu, seul dans mon petit appartement, comme un enfant qui attend le retour de sa mère. Je la voulais près de moi, avec moi, et pour toujours. Un ami est passé en fin de soirée.

– Viens. On va faire une balade. Tu travailles trop, m'a-t-il dit.

– Non. Je n'ai pas envie. Je veux rester chez moi.

– Mais si. Viens.

De guerre lasse, j'ai accepté de suivre mon ami Imran. Nous avons marché dans les rues aux mille lumières, du centre moderne de Peshawar. Chaque jeune femme que nous avons croisée, accompagnée d'un mari ou d'une famille, me faisait penser à Noor.

– Tu es bien rêveur, m'a fait remarquer mon ami. Tu es amoureux ou quoi ?

– Non. Je suis fatigué.

– Tu es fatigué, mais tu souris comme un benêt à chaque fois que tu vois une jolie fille.

– Laisse-moi.

– Tu es un peu rouge quand je te dis ça.

Son sourire m'a agacé plus qu'il ne m'a réconforté. La moutarde m'est montée au nez. Je ne supportais pas d'être dévoilé. Je l'ai regardé avec un brin de colère. En voyant son sourire espiègle, j'ai pouffé de rire. Il m'avait cerné. Nous étions très complices. Il était inutile de lui mentir.

— Alors. Raconte-moi. Où l'as-tu rencontrée?

Je me suis lancé dans une longue explication sur les instants qui avaient nourri notre maigre relation.

— Oui, mais est-ce que vous avez passé une soirée ensemble ?

— Oh ! Non. Mais qu'est-ce que tu vas t'imaginer ?

— Ah ! C'est simplement un bonjour, bonsoir.

— Oui. Mais je sais qu'elle est faite pour moi.

J'ai rapidement précisé :

— Elle est si délicate. Quand elle sourit, je peux voir ses jolies dents.

— Et sa jolie langue, a-t-il rajouté avec un clin d'œil.

— Mais non. Elle est tellement pure.

— Bon, je ne t'embête plus. Alors elle est... mais dis-moi z'en plus.

J'ai continué mes palabres amoureuses, alors que les yeux d'Imran passaient du rire moqueur, à l'envie de pouvoir un jour vivre la même chose.

Mon ami et moi, nous avions eu la même malheureuse enfance. Ces points communs nous donnaient une force que nous pensions indéfectible. Nous nous étions rencontrés au dispensaire de Béate. Il était sevré de la drogue et travaillait dans une fabrique des saris de soie.

— Tu vois, Imran, je suis très inquiet. Je ne sais pas si je peux avancer honnêtement dans cette relation avec le passé qui nous colle à la peau.

— Mais pourquoi ? Tu es médecin maintenant. Elle ne saura jamais ce que tu as vécu.

Imran s'est arrêté quelques minutes. Ses beaux yeux d'un noir bleuté, sont devenus terriblement sombres. J'ai cru voir qu'ils s'humidifiaient. J'étais moi-même tristement accablé.

— Imran, je ne sais pas si nous avons droit au bonheur comme tout le monde.

— Mais arrête tes bêtises. Pourquoi est-ce que toi, le futur plus brillant pédiatre de Peshawar, que dis-je du Pakistan, du monde entier, tu n'aurais pas droit au bonheur ?

Il faisait son maximum pour me faire rire, mais mon cœur et surtout mon cerveau étaient inondés de pensées négatives.

— J'espère qu'elle ne le saura jamais. Elle est si pure. Elle partirait en courant et je serais banni à jamais, ai-je répondu.

— Oui. À jamais, a répété Imran dans un long soupir.

Il se moquait de moi. Il a choisi de me regarder avec une moue qui voulait dire :

« Tu es stupide de penser cela. » Après quelques réflexions, mon esprit, bien décidé à me confirmer que je n'étais pas à la hauteur de la belle Noor, a trouvé un subterfuge quelque peu cocasse.

— Mais en fait ce n'est pas ce qui me préoccupe le plus.

— Ah ! Et c'est quoi ?

Il était maintenant sorti de son rêve, ou plutôt de ses souvenirs cauchemardesques, et j'ai vu son visage s'éclairer.

— Je voudrais l'aborder, mais je ne sais pas comment m'y prendre.

– Eh bien, c'est simple. Tu vas la voir et tu lui dis : « Mademoiselle, vous êtes très belle et je vous aime. »

Ses yeux d'enfant naïf m'ont fait sourire.

– Mais, non. Enfin. Il faut que je trouve une stratégie plus affinée.

– Je ne sais pas moi. Tu t'approches d'elle et tu la prends dans tes bras.

– Et tu veux qu'elle me retourne deux baffes.

Tout en m'amusant de ces suggestions rédhibitoires pour une entrée en matière avec une aussi désirable jeune femme comme Noor, je me désolais de ne pas avoir de mode d'emploi à disposition.

– Tu pourrais peut-être demander des conseils à John, du dispensaire.

– Tu as peut-être raison... Mais John est américain et il ne connaît pas les coutumes pakistanaises.

– Oui. Tu as raison.

Il est resté les yeux dans le vague un long moment. J'ai vu son visage s'éclairer après quelques minutes. Il s'est exclamé avec persuasion :

– J'ai trouvé !

Le visage d'Imran brillait comme celui de l'adolescent qu'il était resté. Je lui ai demandé avec curiosité :

– Qu'est-ce que tu proposes ?

– On va au cinéma et on regarde tous les films d'amour de toutes les salles de Peshawar.

– Des films d'amour ?

– Oui. Les acteurs, ils sont bons pour séduire les femmes. Regarde. Ils réussissent à tous les coups.

– Oui. Mais ce sont des films.

– Oh ! Tu es rabat-joie quand tu t'y mets. Je te dis, qu'eux, ils savent y faire. Il te suffira de faire pareil.

– Parce que tu crois que je vais arriver à être aussi séduisant que ces beaux acteurs. Tu m'as vu ?

– Oui, justement. Je te vois et je sais que tu es aussi beau qu'eux si tu veux bien t'en donner la peine.

– Ton idée est vraiment dingue.

– Elle est surtout très bonne. Viens. Suis-moi. J'ai vu un film de Bollywood dans ma salle préférée.

Bien que cette idée soit totalement saugrenue, je me suis laissé convaincre. Le sourire enjoué d'Imran, ses yeux pétillants m'ont fait accepter cette proposition. Il vivait cette aventure comme étant la sienne, par procuration.

Nous sommes partis tous deux dans une salle à proximité. Les films d'amour n'étaient pas difficiles à trouver au Pakistan. Ils représentaient plus de la moitié des productions.

Le lendemain, nous sommes allés voir une autre romance et le surlendemain également. C'était essentiellement des films venus de Bollywood.

Au bout de quelques jours, j'avais acquis une technique de séduction infaillible, si je m'en référais aux appréciations de mon ami. Je me suis exercé plusieurs fois grâce à lui. Il prenait l'attitude d'une jeune fille effarouchée et moi du brillant séducteur.

Nous avons surtout beaucoup ri. J'étais conscient que ce stratagème était périlleux. Imran, malgré tous ses efforts ne me faisait pas du tout penser à ma douce amoureuse.

32

Imran était intarissable sur le sujet. Mon histoire d'amour le passionnait. C'était devenu son histoire, sa mission. Il voulait me former et me faire devenir l'un des plus brillants séducteurs de tout le Pakistan.

– Il faut que tu t'exerces avec moi, m'a-t-il dit.

– Mais enfin, Imran, tu es ridicule. Tu n'as vraiment pas la grâce de Noor. Regarde-toi dans une glace.

J'étais mi-énervé, mi-amusé. Je l'observais faire des mimiques. Il imitait une actrice de cinéma qui joue l'effarouchée.

– Ahaha ! Arrête de me faire rire. Je n'arrive vraiment pas à me mettre dans le bain.

– Mais si, regarde-moi.

Et je l'ai vu se trémousser avec exagération, il tortillait son fessier comme une Pakistanaise de mauvaise vie.

– Arrête maintenant, Noor ne te ressemble pas du tout. Je te remercie, tu m'as bien aidé.

Tout en riant avec lui, j'ai peu à peu deviné que ses gestes n'étaient pas feints. Il devenait évident qu'il connaissait parfaitement ces mimiques. J'ai été, dans un premier temps, amusé par ses attitudes de comédien comique. Mais en l'observant plus longuement, j'en ai eu la conviction, il connaissait parfaitement les gestes des hommes qui se déguisent en femme. Il venait de se trahir. Sa danse était parfaite, ses mains positionnées comme une véritable danseuse, les traits de son visage étaient figés par le sourire qu'affichent les hommes-prostitués-danseurs.

Beaucoup d'enfants violés et prostitués, devenus adultes, restent dans le giron des abuseurs et des hommes en quête de sexe. Ils en font leur métier. Ils continuent à se prostituer lorsqu'ils n'arrivent pas à se sevrer de la drogue. D'autres développent la danse, s'ils sont entrés grâce ou à cause de leurs proxénètes dans des réseaux de spectacles, très demandés lors de mariages ou de festivités.

J'ai eu la chance d'échapper à ce funeste destin.

Brutalement, nous nous sommes regardés avec gravité. Je venais de découvrir qu'il n'était pas devenu travailleur dans une fabrique de saris, comme il me l'avait dit. Il gagnait son salaire en tant que danseur prostitué, habillé en femme. Mon regard sombre, mon sourire brutalement disparu, lui ont montré que je n'étais plus dupe. Maintenant, je savais ce qu'il faisait lorsqu'il prétextait qu'il était fatigué. Il ne se reposait pas gentiment chez lui, il était en représentation. Il se rendait dans ces spectacles très prisés au Pakistan. Il dansait et lorsque leurs femmes rentraient chez elles, en affichant leur lassitude, certains hommes restaient, pour un plaisir bassement sexuel.

Cette longue tradition, à laquelle la police ne touche pas, se perpétue depuis des siècles. Imran avait été formé enfant, comme beaucoup d'autres.

Notre instant de joie, s'est transformé en désespoir. Nous nous sommes regardés silencieusement, pensifs. J'ai repensé à mon enfance abusée. Je crois que lui aussi, il pensait à la sienne. Nous avions eu le même parcours. Pour se justifier, ou pour se plaindre, il a dit :

– Voilà ce qu'ils ont fait de moi.

Je n'ai pas trouvé de mots de réconfort. J'étais paralysé, embrumé par des émotions opaques. J'ai réalisé que j'aurais pu devenir ce qu'il est aujourd'hui. Mon esprit était pétrifié à cette idée.

Il a brisé l'ambiance maussade dans laquelle nous étions plongés.

– Allez, soyons gais. Tu vas la séduire, tu vas te marier, tu seras heureux.

Il s'est mis à danser, à tourner sur lui-même avec une grande finesse, sans aucun sourire. Son élégante prestation m'a confirmé qu'il pratiquait la danse des femmes. Il dansait et des larmes ont coulé sur ses joues. Je n'ai pas pleuré, j'étais trop triste pour cela.

Je suis rentré chez moi. J'ai peu dormi. J'ai pensé à Imran, à notre enfance et à notre destin bien différent. J'ai repensé à mon institutrice qui me répétait que j'étais intelligent et que j'allais apprendre. Est-ce que c'est grâce à elle que je me suis accroché avec rage au désir de devenir médecin ? Probablement. Elle était si souvent dans mes pensées.

Je me suis levé en me promettant que je serais un grand pédiatre et que j'allais épouser Noor. Nous aurons des enfants et je sauverai tous les enfants prostitués.

En allant à la clinique du docteur Khan, j'ai espéré voir ma dulcinée. Pourtant, l'image de mon ami obscurcissait ma bonne humeur. J'étais triste pour lui et révolté par ce que nous avions vécu. Ces crimes restent impunis, nous n'avons aucune revanche, aucune justice n'a été rendue.

Le soir, j'ai croisé Noor au moment où je partais. Mon humeur n'était pas joyeuse. Je n'ai pas décidé de mettre en application les conseils de mon ami. J'ai juste dit :

– Bonne soirée. Fais attention en rentrant.

– Merci.

Ce soir-là, elle a levé la tête, un peu plus que les autres jours, et m'a dit :

– Tu as l'air préoccupé. J'espère que tout va bien pour toi.

Après quelques minutes d'étonnement, je l'ai regardé accablé par mes pensées.

– Ne t'inquiète pas. Je suis très fatigué. Un enfant était malade et cela m'a fait de la peine.

– Oui. Ces enfants sont en souffrance et ça nous touche. Le plus difficile est de savoir que nous ne pouvons pas tous les soigner.

Pour la première fois, elle se confiait. Sans me regarder droit dans les yeux, comme la délicate jeune fille qu'elle était, elle m'a parlé de ses ressentis. Une intimité s'est installée timidement entre nous. Nous avons discuté quelques minutes. J'étais maintenant complètement envahi par une émotion incroyablement agréable. Cette femme était une déesse, une reine, ma reine, ma femme.

Elle est partie en me souriant. Elle a pris le soin de cacher une partie de sa bouche, mais ses lèvres m'ont fait fondre.

J'étais heureux. Je me suis persuadé que j'allais la conquérir. Je n'avais plus que cet objectif.

J'ai chassé de mon esprit, Imran qui dansait comme une danseuse de talent, pour ne plus penser qu'à celle que je devais séduire, Noor. Je ne voulais pas me fier à ses conseils, ni aux attitudes exagérées des acteurs bollywoodiens. Elle aimait ce que je lui montrais. Il fallait que je sois naturel. C'est ce qui allait lui plaire.

Durant les jours qui ont suivi, j'ai remarqué que je la croisais chaque soir. Ça n'était pas le cas dans les débuts de mon activité. Les heures n'étaient pas comptées.

Parfois, la vieille secrétaire revêche de l'entrée appliquait une cruelle sélection. Elle demandait à certaines mamans de revenir un autre jour, malgré leurs gémissements. Noor connaissait le nombre d'enfants que je devais consulter. J'ai deviné qu'elle faisait un bref calcul et sortait du dortoir où elle exerçait, au moment où elle savait qu'elle allait me croiser. Elle guettait ma sortie. Je m'en réjouissais.

Plusieurs mois ont passé. Elle était de moins en moins farouche. Notre complicité s'était développée. J'ai éprouvé le besoin d'affiner nos contacts. Je n'osais pas lui proposer une sortie, un instant en dehors de la clinique. Il fallait que je trouve un moyen pour que notre relation avance. Un soir, j'ai osé me lancer vers une intrépide proposition.

– Est-ce que tu voudrais m'accompagner au cinéma, vendredi, après la prière ?

Je l'ai vu rougir. Elle s'est légèrement tournée.

– Je ne peux pas.

– Mais pourquoi. Tu m'as dit que ta famille était loin.

– Ça n'est pas correct. Non. Je ne veux pas.

– Tu as peur de moi ?

– Non. C'est juste parce que ça n'est pas correct.

Elle s'est levée afin d'affirmer sa réponse négative. Je n'avais plus aucun argument. Je l'ai laissé partir, sans espoir de voir notre relation se développer autrement que dans l'entrée de la clinique, sous les yeux de la secrétaire revêche. Comme chaque soir, elle nous observait avec plus ou moins d'attention. À ce moment-là, elle a levé le nez et m'a visé droit dans les yeux. Agacé et contrarié par cette situation ubuesque, je suis parti sans dire à demain.

Quelques jours après, Béate est venue me rendre visite. J'étais heureux de la revoir. J'avais maintenant pris toute mon indépendance et je ne la voyais qu'à de rares occasions.

– Je viens prendre de tes nouvelles et j'en profite pour voir Noor.

Mon cœur a bondi dans mon thorax. Est-ce que j'avais été trop audacieux ? Est-ce que Noor s'était plainte et j'allais me faire sermonner ?

– Où est-elle ? a-t-elle continué.

– Je pense qu'elle est dans le dortoir, ou peut-être à l'infirmerie.

– Je vais la voir et je te revois après.

Elle était souriante. Je n'ai pas aperçu une quelconque colère dans ses yeux. Son comportement m'a rassuré. Je me suis interrogé sans m'inquiéter.

Quelques minutes après, alors que j'avais allongé une petite fille qui souffrait manifestement d'une infection de l'appendicite, elle est venue sans se soucier du désagrément que cela imposait. Avec Béate et quelques autres privilégiés, le Docteur Khan permettait sans retenue une promiscuité, que j'ai plus tard bannie.

– Si tu veux, vendredi après la prière, je vous invite toi et Noor chez moi. Il y aura quelques amis. Des Européens et des Pakistanais. Je ferai faire un buffet. Cela fait longtemps que je n'ai pas réuni mes amis.

Elle était souriante, j'ai cru apercevoir une pointe de malice dans ses yeux. J'étais fort étonné par ce mouvement inattendu. Après quelques secondes d'interrogation intérieure, j'ai juste répondu :

– Avec plaisir. Je viendrai.

– Noor viendra en taxi. Ne t'inquiète pas pour elle.

– Pas de problème.

Pourquoi m'avait-elle invité en précisant que Noor venait aussi ? J'ai tourné cette question durant de longues minutes sans avoir de réponse exacte. J'avais bien compris que ça n'était pas une coïncidence.

Est-ce que Béate avait été informée de mon désir de mieux la connaître ?

33

Je me suis rendue chez Béate, en marchant, vite, très vite. Il y avait pourtant plusieurs kilomètres entre la clinique et son domicile. Je voulais me dégourdir avant ce surprenant rendez-vous. J'étais stressé, interrogatif. Comment aborder Noor, sans qu'elle soit effarouchée, et ceci devant notre hôte ? Durant le trajet, je me suis remémoré les attitudes séductrices des acteurs bollywoodiens. J'ai souri en pensant à Imran qui les mimait pour mieux me faire comprendre comment appâter une femme. Je ne l'avais plus revu depuis ce triste jour où il m'a fait comprendre qu'il était devenu un danseur prostitué. Il avait repoussé toutes mes propositions de sortie. Il avait honte du métier peu honorable qu'il exerçait. Il admirait et jalousait ce que j'étais.

Béate habitait une petite maison avec un jardin. Sans qu'elle ne soit luxueuse, sa demeure apportait tout le confort nécessaire. Alors que j'approchais, j'ai vu plusieurs personnes converger devant sa porte. J'ai reconnu Angéla, l'infirmière du dispensaire, celle qui m'avait soigné à mon arrivée, la première femme qui avait suscité en moi un désir masculin. Le souvenir de cet instant, où j'avais assouvi mes besoins sexuels avec un prostitué héroïnomane, m'a fait froid dans le dos. Je m'étais empressé d'oublier cet acte qui me faisait honte.

La majorité des invités était des soignants ou des drogués libérés de leurs addictions, comme je l'étais. Un long frisson m'a traversé le corps de haut en bas.

– Mon Dieu. Faites que Noor ne connaisse jamais mon passé. Cet ange si pur ne peut pas se douter des horreurs de ma vie.

Je me suis rapidement rassuré, car je savais que la discrétion était l'une des premières qualités de Béate et de son entourage. Elle me l'avait enseignée, et je l'appliquais. Je n'ai jamais divulgué d'informations indiscrètes.

J'avais apporté des friandises achetées dans la meilleure confiserie de la ville. Je les avais enfermées dans un sac anonyme afin de respecter l'humilité de l'hôte, indispensable au Pakistan. Alors que je me suis avancé vers elle, elle m'a fait signe de le poser sur une étagère où d'autres paquets s'y trouvaient déjà. Elle avait perdu les habitudes européennes, qui consistent à ouvrir le paquet devant l'apporteur de cadeau, et de s'esclaffer avec hypocrisie : « Oh, merci beaucoup. C'est merveilleux. »

Non, Béate avait adopté le mode pakistanais. Elle n'ouvrait pas le paquet, elle ne le regardait pas. Nous savions tous que le lendemain elle allait nous dire :

– J'ai goûté tes friandises. C'était purement et simplement un délice.

Cette tradition asiatique est affreusement déstabilisante pour les Occidentaux. Je me suis souvent amusé avec des Européens, qui m'expliquaient que je devais accepter un cadeau à grands coups de « Mon Dieu que c'est beau ! », ou « Que c'est bon ! » même si l'objet offert est affreux ou d'un goût très incertain.

La pièce à vivre était déjà bien occupée, autant par les convives que par les délices culinaires. Les plats, bien qu'en abondance, étaient d'une grande simplicité. Elle avait pris soin de ne pas apporter de touche de luxe afin de nous rappeler que nous étions au service des plus pauvres. Le surplus est systématiquement donné à des orphelinats ou dans le dispensaire que nous fréquentions.

Alors que j'étais là depuis plus d'une demi-heure, j'ai vu arriver le Docteur Khan, sa femme et plusieurs infirmières. Je suis sorti de ma méditation, immobile au fond de la pièce. Je pensais à Noor et à la façon de l'approcher. Je l'ai alors aperçue, belle, magnifique, fine, souple, merveilleuse. Elle m'a souri lorsqu'en tournant le regard, elle m'a aperçu au fond de la pièce. J'ai pensé qu'elle me cherchait. Son sourire était franc. Elle n'a pas feint de se cacher derrière son voile. Elle était sûre d'elle.

Après quelques instants, nous nous sommes rapprochés. Nous avons parlé, ri, mangé, bu. Je n'ai pas vu le temps passer, et je crois qu'elle non plus. Au cours de la soirée Béate s'est approchée de nous.

– Alors. Comment se passe votre soirée ?
– Très bien.

Noor et moi, nous avons répondu avec le même enthousiasme. Nous nous sommes regardés et avons pouffé de rire d'un air complice.

– Allez vous asseoir dans la véranda. Il y a des fauteuils avec de bons coussins bien confortables, nous a proposé Béate.

J'avais repéré la véranda vide de tout occupant depuis quelques instants. Je n'avais pas osé faire cette proposition audacieuse à la timide Noor. Elle a accepté avec grâce. Elle s'est avancée avec confiance. Alors que je me réjouissais de voir son bonheur de partager cette intimité avec moi, elle me dit :

– J'ai un mal de pied à tout rompre. Je suis heureuse de m'asseoir enfin.

– Ah !

J'ai émis un « ah » de déception. Voulait-elle se relaxer ou être en ma compagnie ? Ses yeux étaient pétillants, son regard était direct, ses lèvres étaient souriantes. Je n'avais plus de doute. Elle aimait être à mes côtés.

La soirée s'est terminée beaucoup trop tôt à mon goût. J'aurais aimé rester encore de nombreuses heures avec elle. Elle m'a dit en partant :

– À demain ! On pourra encore discuter.

– À demain, lui ai-je répondu avec des yeux débordants d'amour. J'avais certainement l'air d'un gros nigaud en admiration devant sa belle.

Le lendemain, le surlendemain et les jours suivants, nous nous sommes retrouvés pour parler, échanger. Nous avons refait le monde tel que nous l'espérions pour notre avenir. Nous nous sommes livré nos projets personnels. Elle m'a fait part de son désir d'exercer son métier d'infirmière le plus longtemps possible, tout en ayant une famille. Je lui ai fait part de mon désir d'exercer mon métier de pédiatre le plus longtemps possible, tout en ayant une famille. Nous nous sommes regardés à maintes reprises avec complicité. Nous avions des points de vue et des objectifs communs.

J'étais maintenant certain qu'elle était la femme de ma vie. Une question se posait. Comment faire pour que notre relation sorte du cadre de l'entrée de la clinique où la vieille secrétaire revêche nous servait de surveillante ?

– Est-ce que tu veux venir avec moi au cinéma demain ?

– Non. Ça n'est pas correct.

– Ça n'est pas correct ? Noor. Je veux juste un peu d'intimité avec toi. Alors présente-moi à tes parents pour que je leur montre ma bonne foi.

– Mes parents sont au sud du Pakistan. C'est loin.

Je me suis tu pour ne pas l'importuner. Je l'ai regardé, suppliant. Puis, j'ai proposé de la raccompagner. Elle a tourné le regard. Malgré mon insistance, elle a refusé de me suivre. Elle est partie plus tôt ce soir-là.

Je suis resté penaud dans l'entrée de la clinique, sous le regard très peu discret de la secrétaire. Malgré mes longues tergiversations mentales, je ne voyais toujours pas comment avancer les pions qui me permettraient de devenir son époux.

Quelques jours après, Béate est de nouveau venue nous voir à la clinique. Elle m'a invité pour un petit repas informel, selon ses dires, dans un troquet du coin. Nous étions tous deux, je l'ai sentie préoccupée. Elle n'a pas attendu la fin du repas, comme la tradition pakistanaise nous l'impose, afin de dévoiler l'objet de sa visite. Elle a entamé la conversation, sur un mode très européen, en entonnant son discours sans fioritures ni retenues.

– Noor m'a dit que vous étiez très proches.

– Oh ! Elle vous en a parlé.

– Oui. Elle t'apprécie beaucoup.

– Oui. Moi aussi, je la trouve vraiment très agréable.

– Je voulais savoir quelles étaient tes intentions envers elle ?

Comme vous pouvez l'imaginer, je suis devenu rouge comme une tomate. Béate me faisait une belle démonstration de la différence entre les Occidentaux et les Orientaux. Là où un Oriental aborde un sujet aussi délicat qu'une histoire d'amour, en y mettant une multitude de circonvolutions, une Occidentale comme Béate, est allée droit au but. Pour elle, c'était simple, elle voulait savoir si mes sentiments étaient sérieux et si je voulais épouser Noor.

J'en ai été désarçonné.

– Oh ! Béate, ne croyez pas que je sois malhonnête avec elle. Je la respecte. Ne vous trompez pas sur mon compte. Je suis devenu un homme bien.

J'ai continué une énumération ridicule de mes bonnes intentions. Elle m'a interrompu sèchement, selon ma vision de Pakistanais, vision normale pour un Européen.

– Oui. Je sais que tu es sincère. Je veux juste connaître tes intentions. C'est tout. Inutile de tergiverser, tu me donnes tes intentions envers Noor.

– Euh ! je...

J'étais paralysé. Comment lui dire que je voulais l'épouser ? Alors que je cherchais inutilement les mots si simples qui expriment un espoir de mariage, elle m'a sauvé de mon mutisme.

– Je sais que tu es un homme correct, et que tu l'aimes beaucoup. Mais tu l'aimes comment ?

– Euh ! Comment ????

Vraiment, ces Européens avaient une façon vraiment brutale de parler de la douceur du sentiment amoureux.

– Bon. Hicham. Dis-moi si tu veux rester son ami, ou si tu es amoureux.

Sa brutalité a fini par m'agacer.

– Amoureux, lui ai-je répondu aussi sèchement que j'avais ressenti ces interrogations.

– Bon. Eh bien, voilà qui est plus clair. Mais amoureux jusqu'à quel point ?

Elle commençait à me taper sur les nerfs. J'avais beaucoup de reconnaissance pour ce qu'elle avait fait pour moi, mais à cette minute, je l'ai détestée. Comment voulait-elle que je quantifie un sentiment aussi voluptueux que le sentiment d'amour ? J'ai choisi de répondre à la mode occidentale et je lui ai dit :

– Beaucoup.

– Ah ! Beaucoup, beaucoup ?

– Oui. Beaucoup beaucoup.

Enfin, elle a semblé comprendre que la répétition de « beaucoup » voulait dire que mes rêves, mes pensées, mes projets et ma vie entière étaient pour la sublime femme qu'était Noor.

Toujours à la mode allemande, elle m'a soudainement dit :

– Est-ce que tu veux l'épouser ?

– Oui, lui ai-je répondu avec autant de brutalité.

– Bon. Très bien. Tu as bien réfléchi ?

– Oui.

Je suis la garante de l'honorabilité de Noor. Ses parents sont loin et je me charge de sa protection.

– Ah ! Ses parents sont si loin ?

– Oui.

Béate avait rapidement esquivé ma question. J'ai compris que je ne devais pas insister. De plus, elle m'informait qu'elle était la seule juge pour accorder le mariage que je désirais tant. Je ne comprenais pas vraiment cette situation, ou plutôt je ne voulais pas la comprendre, mais ce qui comptait à mes yeux, c'était que je puisse épouser l'objet de mes rêves.

– Je vais avoir un entretien avec elle et je t'informerai de la suite des événements.

Béate réglait cette situation comme on gère une entreprise commerciale.

J'avais rêvé y mettre une grande solennité. Je m'étais imaginé en train d'arriver devant le père de mon amoureuse, pour y faire ma demande en mariage. Selon la tradition, il aurait d'abord refusé. Il aurait débité quelques palabres, en me disant que sa fille était ce qu'il a de plus cher, que je n'étais pas à la hauteur de la grandeur de sa progéniture. Puis je serais revenu le voir et devant mon insistance, il aurait fini par préparer un mariage très coûteux, pour sa fille chérie.

Béate abordait ce délicat sujet, avec froideur. Elle réfléchissait comme une femme habituée à régler les problèmes avec énergie. Elle voulait notre bonheur à tous deux et elle le programmait après de longs calculs.

Plus tard, j'ai découvert que cette froideur cachait une immense émotion. Elle nous l'a dévoilée avec le temps. Elle avait tout simplement peur de se tromper.

Après quelques jours, Noor a osé me prendre les mains alors que nous nous retrouvions comme chaque soir, dans l'entrée de la clinique. Elle m'a parlé de sa voix douce :

– Hicham. J'accepte d'être ta femme.

Mon cœur a sauté violemment dans ma gorge. Je n'en croyais pas mes yeux, mes oreilles. Béate lui avait parlé, et elle a choisi le mode européen. Elle a été directe, sans contours pour répondre à une question que je ne lui ai pas posée.

Je l'aimais. Elle allait devenir ma tendre épouse. J'étais fou de joie.

Une fois de plus, j'allais avancer vers mes rêves les plus fous. Après avoir pu devenir le pédiatre que j'avais rêvé d'être, Noor allait devenir ma femme, nous allions avoir une famille.

J'ai pensé à mon institutrice.
Elle serait fière de moi.

34

    Béate nous avait invités chez elle pour nous réunir. Noor s'était confiée à elle. J'ai imaginé qu'elle lui avait fait part de ses sentiments envers moi. Sa famille étant éloignée, elle la considérait comme une mère. Je n'ai pas demandé d'autres informations sur ses parents. Je ne savais pas s'ils étaient en vie, en bonne santé, ni même si elle avait des frères et sœurs. J'avais trouvé étonnant que nul oncle ou cousin ne vienne se manifester. J'avais perçu un malaise lorsque j'ai cherché à en savoir plus, alors que nous étions au début de notre relation. Il était préférable de ne pas insister. J'avoue que j'ai redouté qu'elle me retourne les mêmes questions sur ma famille. Mon discours était identique à celui qu'elle m'a servi, ils étaient loin et ils ne pouvaient pas venir.

    La cérémonie a eu lieu dans la plus grande simplicité. Ni ma femme, ni moi, nous n'avions invité officiellement nos familles. Il y avait les amis du dispensaire, ceux de la clinique et Amina qui est maintenant la responsable de notre centre pour enfants des rues. Nous étions mi-joyeux, mi-tristes, heureux de nous unir, tristes face à l'absence de soutien familial. Seul notre amour nous réunissait.

    Nos amis ne voyaient que notre bonheur d'être ensemble. Ils en avaient du baume au cœur. Ils se réjouissaient pour nous. Pour certains, ils étaient fiers de constater que les efforts effectués pour me sortir de ma condition de drogué, portaient ses fruits.

Nous avions conscience que nous n'étions pas dans un mariage pakistanais traditionnel, qui dure plusieurs jours, avec tant d'invités qu'il est impossible de les compter. Non. Nous étions une petite poignée d'amis, liés par notre amitié.

J'avais depuis quelques mois un appartement de moyen standing, avec une pièce à vivre, et deux chambres. Comme beaucoup de jeunes mariés, je redoutais et j'espérais notre nuit de noces. Je désirais ma tendre épouse si fortement, que je redoutais une maladresse qui pourrait lui déplaire. J'étais totalement novice dans l'art de l'amour avec une femme.

Le repas terminé, Noor et moi, nous sommes rentrés tard le soir, dans ce qui était maintenant notre appartement. Dissimulée pudiquement sous son voile, elle s'est cachée à notre arrivée, comme la tradition l'oblige. Elle s'est réfugiée dans la chambre qui n'était pas réservée au couple.

Avant d'aller la rejoindre, je me suis dirigé vers la salle de bain. J'étais terriblement stressé à l'idée de l'approcher. Comment allait-elle réagir ? Après ma douche, je me suis inondé d'un trop grand flot de parfum. Cette attitude excessive était à l'image du débordement d'émotions qui m'envahissait.

Je me suis approché de la chambre dans laquelle elle s'était abritée. J'ai ouvert doucement la porte. Elle était allongée sur le lit, enfouie sous son sari rouge et une fine couverture. Je me suis approché, j'ai vu qu'elle dormait déjà. Elle était épuisée, tout comme moi.

Entre vous et moi, je n'étais pas fâché. J'étais moi-même exténué par ce trop-plein d'émotions et par l'heure tardive.

Je me suis réveillé le lendemain avec l'odeur d'un bon thé aux épices. J'ai réalisé que ma tendre épouse m'avait préparé mon petit-déjeuner.

Je me suis levé, je l'ai embrassée. Nous nous sommes préparés et nous avons pris le même taxi pour nous rendre à la clinique.

Tous mes rêves étaient accomplis. J'étais fière du parcours que j'avais parcouru. Noor était ma femme, nous partagions la même habitation, le même travail et les mêmes envies d'une belle famille avec plusieurs enfants.

Durant les jours qui ont suivi, Noor est devenue ma femme, dans sa chair. Le chemin a été long afin qu'elle cède à mes avances. J'ai pu l'approcher chaque jour un peu plus. Elle m'a tout d'abord permis de dormir à côté d'elle, sans que mes mains ne puissent la toucher. Les jours suivants, j'ai osé avancer mon corps vers elle, jusqu'à ce qu'elle me permette un timide abordage.

Mon manque d'expérience dans le domaine de la chair avait été comblé par les brillants conseils de mon ami disparu, Imran. J'ai dû ingurgiter une bonne vingtaine de films pornographiques pour comprendre le mécanisme du plaisir de la femme.

J'ai acquis cette pratique avec la même conscience que l'étudiant studieux que j'avais été, en médecine. J'ai appris les méandres de la sexualité grâce à Bollywood et ses films sur le Kamasutra.

C'est ainsi que j'ai pu amadouer ma tendre épouse qui se refusait doucement à moi les premiers soirs, comme une jeune épouse pakistanaise se doit de le faire.

35

J'étais marié depuis trois années lorsque le Docteur Khan a révélé des signes inquiétants de fatigue. Il était déjà âgé à mon arrivée, mais encore très vif d'esprit. Je voyais maintenant qu'il avait des pertes de vigilance, dues à une faiblesse physique.

Un jour, il m'a demandé de fermer les portes de la pièce commune qui nous servait de cabinet. J'ai repoussé les mamans et leurs bambins, vers la salle d'attente pour que nous puissions rester seuls.

– Hicham, est-ce que tu te sens bien dans cette clinique ?

– Oh ! Oui. Très bien. Je vous remercie de m'avoir donné ma chance. Vous avez été...

– Taratata. Stoppe tes salamalecs. Tu sais que je n'aime pas les compliments.

– Oui. Excusez-moi.

Une fois de plus, il m'a remis à la place de celui qui doit rester humble. Il était à tout instant, entièrement dévoué à sa mission de pédiatre. Il me le rappelait régulièrement. Aujourd'hui, je réalise que je ne lui arriverai jamais à la cheville.

– Je suis fatigué... a-t-il continué d'une voix terne. Je vois bien que je ne vais pas pouvoir tenir bien longtemps... Je suis si triste, lorsque je vois tous ces pauvres gens qui ont besoin de soins pour leurs petits.

Il parlait lentement. Il regardait ses mains. Il leur disait : « Vous êtes vieilles, vous ne pouvez plus soigner ». J'étais affligé par cette image. Ce monument de la pédiatrie, était comme un oiseau blessé. Il était parfaitement conscient de son état. J'ai senti que des larmes envahissaient mes yeux. J'ai dû faire un effort surdimensionné pour empêcher mon cœur meurtri, de se confondre en jérémiades. Je savais, à mes dépens, qu'il n'aurait pas apprécié. Heureusement, il ne me regardait pas. Il était pensif, il a regardé ses doigts fripés plusieurs minutes. Puis il a rajouté :

– Il faut que tu reprennes le flambeau. Je n'en ai pas pour longtemps. Je le sais.

– Est-ce que vous avez consulté un médecin ? C'est peut-être une fatigue passagère.

– Taratata. Qu'est-ce que tu veux que j'aille faire chez un médecin ?

Bon. Une fois de plus, je m'étais fait rembarrer. Je ne me suis pas aventuré à exprimer l'idée qu'un médecin qui ne se soigne pas, avait un petit côté étrange. Je suis resté à le regarder. Je pense qu'il connaissait sa pathologie. Il avait su se soigner lui-même, sans les conseils de personne. Il était au bout de ce qui l'avait motivé, et pour lui, sans sa mission, il était inutile de vivre.

– Je te répète que tu dois reprendre le flambeau.

– Avec plaisir. Nous devons nous mettre d'accord sur les modalités, lui ai-je répondu.

– C'est déjà tout décidé.

– Ah !!! Et comment vais-je faire ? Vous savez que je n'ai pas d'argent.

– Mais pas besoin d'argent. Qu'est-ce que tu baragouines ? Tu prends la suite et voilà. C'est tout. Rien d'autre.

– Je prends la suite ???

Je n'ai pas osé l'interroger sur la façon de prendre la suite. Il a rajouté :

– Tu es d'accord ?

Durant une petite fraction de seconde, j'ai pensé aborder les modalités de la succession. Je me suis ravisé. Il était clair que j'allais une fois de plus me faire renvoyer à ma place. J'ai juste répondu :

– Oui. C'est d'accord.

– C'est bien. Demain, tu iras voir la secrétaire et elle t'expliquera comment ça va se passer. Tu n'auras rien à payer. Ma femme a tout ce qu'il faut. Elle a de quoi finir ses jours en toute quiétude, avec ce que je lui laisse. Ma fille est mariée, son mari a une bonne situation. Tu continueras mon œuvre. Tu en es digne.

À ces mots, j'ai cru tout d'abord avoir mal entendu. Il a osé me faire un compliment. J'avais souvent noté dans son attitude, lorsqu'il ne manifestait pas son mécontentement, qu'il louait mon travail. Mais je n'aurais jamais pu imaginer qu'il allait être aussi gracieux à mon égard. Pour une fois, je n'ai pas été fier. J'étais triste de voir ce grand monsieur, à terre. Il me transmettait le flambeau. La charge était lourde. Je savais que mes épaules allaient pouvoir la porter. Sa confiance m'honorait, elle me donnait des ailes.

Le lendemain, il n'est pas venu travailler. Je ne me suis pas inquiété puisque depuis quelque temps cela était arrivé à plusieurs reprises. Nous ne l'avons pas vu durant toute la semaine.

Comme il me l'avait demandé, je suis allé m'entretenir avec la secrétaire revêche de l'entrée de la clinique. Avec le temps et les années de collaboration entre elle et moi, j'avais appris à la connaître. Elle était un double de son patron, le

Docteur Khan. Elle était souvent désagréable, mais totalement dévouée à son travail. Elle ne reculait jamais devant une prolongation lorsque le besoin s'en faisait sentir. Elle connaissait son métier sur le bout des doigts.

Elle m'a expliqué que la clinique était installée dans un local qui appartenait à un riche propriétaire. Chaque mois, nous devions payer un faible loyer. Pour les rentrées d'argent, nous ne pouvions compter que sur les malades.

Rapidement, mon esprit calculateur m'a fait comprendre que le docteur était un bon pédiatre et un gestionnaire médiocre. J'avais déjà des idées de grandeur en tête.

Noor était enchantée d'apprendre cette nouvelle. Le lendemain, elle aussi m'a appris une grande nouvelle. Elle était enceinte de notre premier fils.

Après deux semaines, le téléphone a sonné. J'étais en consultation avec un enfant atteint de tuberculose. J'étais terriblement préoccupé par son état. Je n'ai pas prêté attention à ce que la secrétaire a répondu. Les minutes ont passé et j'ai été surpris par un immense silence dans l'entrée de la clinique. Ce silence était totalement inhabituel. Les mères et les enfants jacassaient tant et plus, en temps normal. Je me suis levé, intrigué. Noor était déjà dans l'entrée de la clinique. Pour la première et la seule fois, j'ai vu les pleurs de la secrétaire revêche. Elle faisait son maximum pour rester digne, les larmes coulaient sur ses joues sans son autorisation.

Nous avons ainsi appris le décès du Docteur Khan, quinze jours après sa passation des pouvoirs.

Cet homme était extraordinaire. Nous étions très tristes. Je n'ai pas pu prononcer un mot.

Quelques minutes se sont égrainées, j'ai eu l'impression que mes jambes se dérobaient sous moi. Je faisais un malaise. Pourtant, je me doutais de sa mort imminente. Il n'était plus revenu après cet après-midi mémorable, où il m'a intronisé, directeur de la clinique.

Il avait été d'une lucidité impressionnante. Docteur Khan était à mettre dans le groupe des êtres hors du commun. Aujourd'hui encore, il reste l'homme le plus admirable à mes yeux, autant que mon institutrice. Ces deux références représentent le père et la mère que je n'ai pas eus.

Ses funérailles ont été dignes d'un grand de ce monde. La foule était si dense, que je n'ai pas pu m'approcher du cimetière. Je me suis réfugié dans une mosquée et j'ai prié. Je ne croyais pas en Dieu, mais ce jour-là mes prières étaient un dialogue intérieur avec lui.

Merci Monsieur Khan, pour moi et pour votre mission auprès des enfants malades.

36
aujourd'hui

Les années ont passé. Noor m'a donné quatre beaux enfants.

Le propriétaire des murs de la clinique a eu besoin d'argent, afin de pouvoir organiser un mariage insolemment coûteux pour sa fille cadette. Il nous a vendu le bâtiment. Nous avons pu l'acquérir grâce à un prêt bancaire. La réputation de la clinique a été une référence, une garantie de remboursement pour les prêteurs.

J'ai maintenant un nouvel associé. Je l'ai également rencontré grâce à Béate. Il avait suivi son cursus à Islamabad. Tout cela a été possible grâce à la présence d'une ONG amie.

L'associé du docteur Khan s'était retiré avant de succomber à une crise cardiaque. Il faut croire que la dévotion qu'ils avaient pour les enfants, était leur seule raison de vivre.

Je suis ce soir devant mon manuscrit. Je vous raconte les aléas de ma vie. J'aime vous en faire part, j'en ai besoin. Je ne sais pas si ce texte sera lu, et par qui. Si un jour vous le lisez, si vous avez vécu ce que j'ai vécu, gardez espoir. Votre vie n'est pas terminée. Elle n'est pas salie à tout jamais. Les responsables sont les violeurs, vous êtes des âmes pures malgré les mauvais traitements.

Noor et mes enfants ne connaissent pas mon passé. Ce texte restera peut-être inconnu de tous.

Hier, j'ai eu un appel téléphonique de la femme du ministre et je dois me rendre à Islamabad pour obtenir une subvention. Nous mettons toute notre énergie afin de créer un centre pour les petites filles.

Je vous raconterai plus tard mes conversations avec le ministre.

37
aujourd'hui

Je suis de retour d'Islamabad. Je suis furieux. Ce ministre est un personnage répugnant. Dès mon arrivée, je raconte ma mésaventure à Noor :

« Je suis arrivé comme prévu à son domicile pour le dîner. Après une très longue attente dans un salon où le luxe étalait son insolence, Madame est venue, confuse et désolée.

– Je vous présente mes excuses. Mon mari est retenu dans une réunion de la plus haute importance. Il ne pourra partager le repas avec vous.

– Oh !... Je comprends.

Oui. Je comprenais trop bien qu'il se défilait. Tu me connais, Noor, je sais deviner les intentions perfides. Ce qu'il ne savait pas, était que je l'avais aperçu en entrant alors qu'un des serviteurs n'avait pas fermé correctement la porte. En fait, il supposait que je l'avais vu. C'était sans doute une stratégie qui lui permettait de me maintenir en position de demandeur humilié.

– Il vous recevra demain, à son bureau. Vous pouvez téléphoner à sa secrétaire pour qu'elle vous propose une heure qui vous conviendra. Je vais vous faire apporter le dîner.

Elle s'est tournée et a appelé son domestique, afin qu'un repas riche et varié me soit servi. J'étais fou de rage. Ce manque de tact était les prémisses d'une négociation difficile. Je voulais refuser les mets délicieux qui se présentaient à moi, mais il était déjà tard et j'avais une faim de loup. Tu sais, ma Noor, qu'il m'est difficile de refuser un bon repas. »

Noor me regarde sans rien dire. Je sais qu'elle réfléchit. Sans m'interrompre, j'avance dans mon récit.

« Le lendemain, j'ai téléphoné à la secrétaire de Monsieur le Ministre. Elle m'a répondu que je devais rappeler plus tard. Après quatre appels, j'ai enfin eu ce rendez-vous tant attendu. Je pense que je l'ai obtenu grâce à mon harcèlement. Il a compris que je ne lâcherai rien.

Je me suis présenté à l'heure convenue, à son office. Comme je m'y attendais, elle m'a fait attendre plus d'une heure avant que la sonnette de son téléphone ne retentisse. Elle a répondu :

– Entendu, Monsieur le ministre, je le conduis à votre bureau.

Il avait enfin daigné me recevoir. J'ai aussi compris qu'il s'était enquis de ma présence. Il espérait probablement que je perde patience et que je m'envole.

La jeune femme m'a invité à entrer dans la suite du ministre. La première pièce était meublée de sofas et fauteuils grand luxe, rouge grenat afin que ça soit encore plus tape-à-l'œil. Les décorations étaient toutes aussi exhibitionnistes à mon goût.

Il est apparu quelques minutes après.

– Mon cher. Pardonnez-moi. Je suis tellement occupé.

Il m'a accueilli avec ces paroles obséquieuses que je connais trop bien. L'hypocrisie est une pratique courante chez les gens de la haute société. Tu le sais, Noor, aussi bien que moi. »

Noor m'a fait un sourire convenu, et m'a invité à poursuivre.

– « Quelle joie de vous rencontrer, m'a-t-il dit. Votre réputation n'a pas d'égale. Ma femme ne parle que de vous.

Au travers de ses mots, où son fils n'a été cité à aucun moment, j'ai compris que cet enfant était une tâche sur son curriculum vitae, qu'il voulait sans aspérités. C'est un homme qui ne vit que pour le paraître, la gloire, la position sociale. Sa femme est l'opposée de son caractère. Elle est faite d'amour et de délicatesse.

– Je vous remercie. Vous êtes très aimable.

– Alors quel bon vent vous amène à Islamabad ?

J'ai avancé dans la stratégie d'approche, que nous avions mise au point, toi et moi. J'ai exposé les besoins que nous avons pour créer un centre pour petites filles. Alors que je développais les problèmes que rencontrent quotidiennement ces enfants, j'ai pu apprécier son manque de compassion à l'avancée de mes arguments. À aucun moment il n'a paru être touché par le malheur de ces bambins. »

Noor a hoché la tête en guise d'approbation, tout en restant silencieuse. Après avoir pris un verre d'eau, mon gosier était en éruption, j'ai poursuivi.

« Je me suis évertué à demander à plusieurs reprises, si son fils allait mieux. J'ai imaginé qu'il allait s'attendrir. Mais j'ai compris que cette question me desservait. Il a froncé les sourcils, et au lieu de me répondre, il a invectivé froidement :

– Continuez. Vous me parliez de votre envie de créer un centre.

– Oui. En fait cela devient une nécessité. Nous refusons d'accueillir chaque jour des pauvres enfants par manque de place.

– Et en quoi voulez-vous que j'intervienne ?

Cet homme est odieux. Il est le ministre de la Santé, et ne comprend pas ce qu'il peut faire. J'ai repris mes esprits, ravalé la colère qui grandissait en moi.

– Je pense que le gouvernement pourrait nous aider à prendre en charge ces enfants.

– Vous êtes venus pour m'expliquer mon travail ?

– Non. Loin de moi cette idée. Mais je suis prêt à intervenir.

– Vous voulez intervenir ou vous voulez qu'on vous paye un centre pour cette sorte de personne.

– Cette sorte de personne ? Mais que voulez-vous dire ?

– Vous savez que ces racailles sont irrattrapables. Le gouvernement est là pour s'occuper des braves gens, pas des fripouilles de cette espèce.

J'en avais trop entendu. Je pense que je devais avoir un visage rouge de colère, car il a rajouté :

– Ne vous énervez pas. On peut discuter. Vous êtes un brave homme.

– ...Pour moi le gouvernement doit aider tous les Pakistanais, sans distinction.

– Oui, oui. Restez calme. On va discuter. »

Noor a les yeux qui passent de l'étonnement à la tristesse. Nous sommes du même avis, cet homme n'est pas digne d'être ministre de la Santé. J'ai malgré tout continué mon récit.

« J'ai repris espoir et de nouveau, j'ai étalé les informations en ma possession, afin qu'il nous apporte une aide financière pour notre projet. Il ne m'écoutait que d'une oreille très discrète. Puis il s'est décidé à répondre :

– Vous êtes un brave homme. Mais vous voyez, j'ai un budget limité. Il faut que je le répartisse entre tous ceux qui veulent soigner, de droite et de gauche.

– Oui. Je comprends bien.

Puis il a regardé d'un air faussement dégagé, le cadre de ses enfants accroché au mur.

– Vous savez que ma fille se marie en fin d'année.

Voilà ! Ce que je craignais s'est pointé à l'horizon.

– Euh ! Je ne le savais pas mais je vous en félicite.

– Tout ça me fait dépenser beaucoup d'argent. Avec le niveau social que nous avons, nous devons être à la hauteur des attentes de nos concitoyens.

Il m'a ainsi fait un long discours totalement écœurant au sujet des événements fastueux qui allaient émailler les instants les plus importants de leur vie. Et comme je m'y attendais il a rajouté :

– Si je vous alloue une somme, est-ce que vous serez un peu généreux avec moi ?

Quel ignoble personnage ! Je ne savais comment retenir le poing qu'avait formé ma main, dans le but de le lui aplatir sur son pif bien trop proéminent. Je me suis contrôlé. Je ne pouvais ni l'insulter, ni lui mettre une bonne baffe. C'était un ministre et ça pouvait me coûter très cher. »

À ce moment-là, Noor m'interrompt.

– Reste calme, mon chéri, tu sais qui est ce personnage. Continue. Qu'as-tu dit ensuite ?

« J'ai trouvé un prétexte futile pour sortir de ce bureau qui sentait la corruption. Je lui ai promis, avec la même hypocrisie qu'il utilisait régulièrement, que je l'informerai de l'avancée de nos projets.

Tu vois, Noor, je suis rentré à Peshawar, attristé devant la cupidité de ce personnage, et le vide qu'il a laissé en moi. »

Après un long moment de réflexion, Noor m'a simplement répondu :

– Ne t'inquiète pas. Nous trouverons une solution.

– Oui. Il faut la trouver.

L'image d'Amina a fait irruption dans mon esprit. Demain, elle va me demander des nouvelles de mon entrevue déplorable avec ce notable véreux. Je n'ai pas le courage de lui parler de cet entretien désastreux. Il le faudra bien pourtant.

Elle va me répéter une fois de plus que des fillettes aux pieds nus se sont présentées, et qu'il a fallu les renvoyer faute de place.

38

– Docteur, la femme du ministre de la Santé veut vous parler.

Le téléphone venait de retentir alors que j'étais en consultation. L'espace d'une fraction de seconde, j'ai voulu la renvoyer consulter un autre pédiatre, mais le souvenir du Docteur Khan m'a fait accepter l'appel. Il n'aurait pas apprécié ma mauvaise humeur.

– Tu n'es pas au service des parents mais des enfants.

Il me répétait si souvent cette phrase lorsque je m'agaçais face aux réactions nocives des mères ou des pères. J'ai pris l'appel, en pensant qu'elle voulait une consultation téléphonique pour son fils.

– Docteur. Je suis désolée de vous déranger. Je suis également désolée pour l'entretien avec mon mari. Vous savez, il est très stressé. Sa position est difficile.

– Oui. Je sais qu'il a beaucoup de responsabilités. Ne vous inquiétez pas, je soignerai votre fils avec toutes mes compétences.

– Oh ! Non. Je ne vous appelle pas pour mon fils. Il va un peu mieux. Nous sommes surtout en mesure de prévenir ses crises, grâce aux animaux de compagnie. Cela a pour résultat qu'il est moins stressé, et moi aussi.

– Voilà une bonne nouvelle.

– Je vous téléphone au sujet de votre projet de créer un centre pour les petites filles.

– ???

– Il faut simplement que mon mari ne soit pas au courant de ma démarche.

– Mais bien évidemment. Vous pouvez compter sur mon entière discrétion.

– Je suis proche de l'épouse de notre président.

– Oui.

– Au détour d'une conversation, je lui en ai parlé. Elle a déjà créé un centre à Islamabad. Elle sera ravie d'intervenir pour le vôtre.

Les bras m'en tombaient. Cette femme était si différente de son mari. Elle avait du cœur. Je n'avais aucun doute, elle avait fait cette démarche par générosité pour les enfants, sans penser à un intérêt pour son fils.

– C'est une très bonne idée. Je serais honoré de la rencontrer.

Nous avons mis au point un contact entre la femme du président et moi-même. J'ai proposé de venir à ce rendez-vous avec Noor, qui allait être une des principales protagonistes de ce projet.

Notre président, un ancien joueur de cricket, avait épousé en troisième noce notre nouvelle interlocutrice. Elle était très pieuse. Elle était attachée à la charité. Il l'avait choisie après une vie débridée en Europe. Elle lui avait transmis les valeurs d'amour, de générosité, de charité. Il était certain qu'elle agissait en accord avec son mari, qui n'attendait pas le bon vouloir de son ministre de la santé.

L'entretien avec Madame la Présidente a été un instant de bonheur.

En quelques mois, nous avons mis au point les contours, puis les détails de notre centre. Nous avons décidé d'intervenir auprès des petites filles mendiantes, mais également des adolescentes prostituées dans les maisons closes. Noor a insisté pour que nous ayons une grande attention pour ces pauvres enfants.

Une chance n'arrive jamais seule. L'immeuble que nous avions visité était en vente. La cupide propriétaire est décédée. Ses enfants, installés à l'étranger, ont voulu se délester de ces vieilles propriétés sans importance à leurs yeux. Grâce à notre nouvelle associée, femme de président, nous avons également acheté les murs.

Après quelques travaux, les premières fillettes ont pu être accueillies. Amina s'est installée dans le bâtiment à trois étages. Elle a laissé son poste à Ibrahim, un jeune pensionnaire, arrivé quelques années auparavant, et qui a réussi à se réinsérer avec succès. C'est un adulte maintenant. Son esprit est vif et il est d'une grande générosité. Il a pris en main le secteur des garçons, avec succès. En plus de son humanité, c'est un très bon gestionnaire.

L'infirmerie est assurée par un autre résident, un ancien toxicomane qui a réussi à combattre ses démons. Lui aussi, fait un travail remarquable. Ils ont tous deux l'avantage de savoir ce que sont les douleurs de ceux que nous recevons.

Je les considère comme mes fils.

Noor est particulièrement investie. Elle fait des heures à ne plus en finir. Je suis obligé de la freiner, de lui rappeler que nous avons des enfants à la maison qui ont besoin d'elle.

– Je sais. Ces enfants prostitués aussi. Ne t'inquiète pas. Je veux montrer à nos enfants que dans la vie il faut aider les plus pauvres, me répète-t-elle très souvent.

Je suis moyennement convaincu par cet argument, mais je la laisse faire. Elle est très épanouie. C'est sa mission.

Pour ma part, je continue de m'occuper de l'ancien centre, investi par l'avenir des garçons. Rapidement, nous avons constaté que la construction d'un deuxième établissement n'a pas réduit le flot ininterrompu des miséreux.

L'accablement nous envahit très souvent, face à cette situation. Heureusement, nous voyons chaque jour le sourire de ces magnifiques enfants et nous continuons notre mission.

39

La semaine dernière, alors que le soleil brillait, je me suis rendu dans le nouveau centre. Amina voulait que je regarde les comptes. Bien que les rentrées soient conséquentes, il y a tellement de besoins, qu'elle m'a demandé un conseil sur la répartition des achats. Je suis arrivé en début de matinée.

J'étais au rez-de-chaussée lorsque j'ai entendu une femme crier dans la rue.

– Noor, tu as oublié ta famille ? Ingrate que tu es.

Noor est un prénom très répandu au Pakistan. Je suis sorti en me demandant si ce message était adressé à ma femme ou à une autre Noor. Je suis sorti et je l'ai vue regarder la fenêtre du premier étage. Elle a continué de vociférer ses propos injurieux.

– Tu es une fille perdue et tu joues à la grande dame. Tu n'en es pas digne. N'oublie pas que tu n'es qu'une pute.

Les mots étaient d'une vulgarité déconcertante.

– Mais à qui parle-t-elle ? me suis-je interrogé.

C'est à ce moment-là, que j'ai levé le nez et que j'ai vu, ma tendre épouse, cachée sous un voile que je connaissais très bien. Elle se faisait discrète tout en jetant un œil furtif sur ce spectacle de désolation.

D'avoir entendu une personne qui se permettait de traiter mon épouse aussi méchamment, m'a fait monter la moutarde au nez. J'ai empoigné avec force cette femme, cette pauvresse, et je l'ai fait valdinguer de l'autre côté de la rue. J'ai ensuite vu qu'elle était accompagnée de deux enfants, tout aussi miséreux qu'elle. Ils me regardaient avec peur et reproche.

J'ai abandonné cette miséreuse à son sort, et j'ai monté les escaliers du centre en courant. Je voulais des explications. Pourquoi cette femme, que je ne connaissais pas, avait parlé de cette façon de ma tendre épouse ?

Noor était recroquevillée sur elle-même. Assise sur sa chaise, elle avait ramené ses jambes près de son visage. Après 18 ans de mariage, je ne l'avais jamais vu prendre cette position. Amina, assise au fond de la pièce, était livide. Elle regardait fixement un point invisible à mes yeux.

– Qui est cette femme ? Elle t'a appelée par ton prénom.

Noor était toujours immobile, la tête cachée entre ses genoux.

– Mais dis-moi si tu la connais.

Elle est restée prostrée. Je sentais qu'un événement important venait de se produire, sans que j'en comprenne l'importance. Je ne me suis plus contrôlé et j'ai hurlé :

– Est-ce que tu vas enfin me dire qui est cette femme ?

– …, aucune réponse.

– Et toi Amina ? Tu la connais ?

Amina était toujours aussi hagarde. Elle s'obstinait à regarder le vide.

– Mais vous allez enfin me dire ce qu'il se passe ?

Le silence s'est imposé, de l'une et de l'autre. Elles semblaient ne pas réaliser que j'étais dans la même pièce qu'elles, en criant comme un fou. Face à ce mutisme incompréhensible, j'ai choisi de m'asseoir et d'attendre qu'un événement se produise.

Cet instant de recueillement m'a fait me remémorer les horribles paroles de cette pauvresse.

– Noor, n'oublie pas, tu n'es qu'une pute, avait-elle dit.

Pourquoi ces mots ? Une pauvre femme alcoolisée aurait employé d'autres termes. De plus, elle connaissait son prénom. Et pourquoi ma femme réagissait-elle comme si une balle lui avait transpercé le cœur ? Et la réaction d'Amina ? Elle aussi était tétanisée.

Les propos que je venais d'entendre m'amenaient vers d'horribles idées. « Noor, n'oublie pas que tu n'es qu'une pute ». Elle n'avait pas parlé au hasard. La réaction de ma femme n'était pas anodine.

C'est à cet instant que Sadia, une petite fille, que nous avions arrachée d'une maison de prostitution pour enfants, a passé sa tête dans l'encadrement de la porte. Les cris l'avaient probablement attirée.

Est-ce que ma tendre Noor avait été une enfant prostituée ? Est-ce que c'était la raison de son acharnement à vouloir sauver toutes ces petites filles ? Lorsque je l'ai épousée, elle m'a dit que sa famille était loin. Alors je n'ai pas posé plus de questions, elle éludait la réponse et je n'ai plus insisté.

Après quelques instants de réflexion, des souvenirs rassurants me sont revenus en mémoire. Lors de notre nuit de noces, j'ai bien vu que son hymen était intact, et que je l'ai moi-même déchiré. Non, ça n'était pas cela. Elle n'était pas une enfant prostituée. Ma pure épouse était vierge à notre mariage. Je voulais m'en persuader.

Il fallait que j'en aie le cœur net. La seule personne qui pouvait me renseigner était Béate. Elle était maintenant âgée, et elle avait décidé de finir ses jours au Pakistan. Elle n'intervenait que très rarement dans l'ONG qu'elle avait créée. J'ai couru comme un dératé jusque chez elle. Elle habitait toujours dans la petite maison où j'avais passé la première soirée avec ma future épouse. Je voulais qu'elle me dise que mes soupçons étaient honteux, que je me trompais.

J'ai frappé à sa porte, à m'en casser les doigts. Elle m'a ouvert, manifestement en pleine confection d'un petit repas, à en juger par l'odeur d'épices qui se dégageait.

– Mais Hicham ? Qu'est-ce qu'il t'arrive ?

– Je veux savoir comment vous avez connu ma femme, Noor.

Le visage de Béate est devenu étrangement sombre. Elle a hésité avant de me dire :

– Va dans le salon et je te rejoins.

J'aurais voulu qu'elle me réponde sur-le-champ, en deux minutes, comme les Occidentaux semblent trop bien le faire, mais j'ai obtempéré. J'ai un respect indéfectible pour elle. Je me suis assis en l'attendant. J'ai compris plus tard qu'elle s'était réfugiée dans la cuisine, afin de réfléchir à ce qu'elle allait me dire. Me mentir ou me dire la vérité.

– Est-ce que tu as soif ? a-t-elle demandé en revenant vers moi.

– Non. Merci.

J'ai répondu sèchement. Elle a compris que je ne désirais pas me faire entortiller dans des réponses douteuses.

– Tu veux savoir où j'ai rencontré Noor.

– Oui.

Je l'ai regardé droit dans les yeux, avec une impatience qui l'a, semble-t-il, déstabilisée. Elle a cherché l'inspiration tout d'abord sur les murs, puis dans le paysage qu'on pouvait apercevoir par la fenêtre et elle s'est décidée.

– Quand tu es arrivé dans notre centre, tu n'as vu que des garçons ou des jeunes hommes.

– Oui.

– Tu as su plus tard que nous nous occupions aussi des jeunes filles.

– Oui.

– Tu as su aussi que ces jeunes filles venaient de la rue, mais le plus souvent de bordel pour enfants et adolescentes.

– ...

Il m'a été impossible de répondre. C'était de plus en plus limpide. Elle avait rencontré ma tendre Noor, dans ces lieux d'abomination. J'espérais encore une autre réponse. Après un instant, elle a continué.

– C'est là que nous avons trouvé Noor et Amina. Amina avait déjà son bébé.

– Mais qu'est-ce qu'elles faisaient dans ce bordel ?

Béate a baissé les yeux tristement. Elle ne savait quoi répondre.

Une parole chrétienne nous dit : « Il n'y a pire sourd que celui qui ne veut rien entendre. » C'était moi à cette minute, je refusais obstinément de comprendre l'évidence.

– Tu as compris. Elles étaient toutes deux prostituées, vendues par leurs parents pour pouvoir nourrir les autres frères et sœurs.

Je savais que cette pratique existait dans les terres reculées, ou les bidonvilles. J'ai souvent pardonné aux parents, en prétextant qu'ils n'avaient pas d'autres solutions. Mais ma tendre épouse, vendue pour être prostituée, c'était insupportable. Comment le croire ?

– Peut-être qu'elle n'a pas été touchée ?

– ... Si. Nous les avons trouvées toutes les deux.

– Mais où ça ?

– Dans un hôtel de passe au centre de la vieille ville. Un client a dénoncé à la police leurs conditions de travail.

– Leur travail ?

– Oui. Elles recevaient des clients à longueur de journée.

– Des clients ?

– Oui. Quand nous sommes arrivés, elles étaient toutes deux dans un état déplorable. Surtout Noor. Amina avait moins de clients, elle était moins jolie.

J'ai peu à peu amadoué mes résistances. Lorsque Béate a mentionné la beauté de ma douce épouse, j'ai réalisé qu'elle ne me mentait pas. J'ai regardé le vide, qui en fait était rempli d'images horribles. J'imaginais avec écœurement les viols successifs des deux femmes qui partageaient mon quotidien. Béate ne parlait pas. Elle a attendu ma réaction, tout en m'observant. Après plusieurs longues minutes, je suis sorti de ma léthargie.

– Moins jolie ? Amina avait moins de clients parce que moins jolie ? Ces salopards ont souillé ma magnifique poupée, parce que plus jolie. Mais quelle horreur. Comment est-ce possible ?

– Oui. C'était affreux. Si nous n'étions pas intervenus, Dieu sait si elles auraient pu résister à un tel traitement. Nous avons pris soin de leur santé, durant de longs mois, d'elles deux et de la fille d'Amina, qui vivait cachée sous le lit lorsque sa mère avait des clients.

– Dites-moi que ce n'est pas vrai, que je rêve et que je vais me réveiller.

– Non. Ce que je te dis est la vérité.

Je suis resté pensif durant un long moment. Un éclair de lucidité m'a traversé l'esprit. Béate devait se tromper. Ça n'était pas arrivé à MA NOOR.

– Je pense que vous vous trompez, avec tout le respect que je vous dois. Je suis son mari, et je sais bien que le jour de nos noces, elle était vierge. J'ai bien percé son hymen, les draps étaient souillés.

J'avais repris espoir. Béate commence à être à un âge où les souvenirs s'emmêlent.

– Je ne me trompe pas.

Puis elle a rajouté :

– Docteur Jasmine.

Nous sommes restés silencieux plusieurs minutes. Je connais la pratique du docteur Jasmine, dont le nom de famille reste inconnu de tous. Elle agit anonymement afin de sauvegarder sa réputation, et surtout sa sécurité. Elle reconstitue les hymens des jeunes filles qui ont été violées ou qui ont succombé au charme d'un homme malhonnête. Oui, Noor avait un hymen intact, mais grâce au docteur Jasmine.

Une fois de plus, je venais d'avoir une information qu'il me fallait digérer. J'avais été abusé. Noor n'était pas du tout vierge, ma pure épouse ne l'était pas. J'avais envie de pleurer, de crier. J'étais fou de rage. Je me suis senti trahi. J'avais cru épouser une vierge, une femme pure qu'aucun homme n'avait touchée. C'était le contraire. Chaque nuit, je dors à côté d'une épouse qui a connu des dizaines de relations. J'étais au bord de l'explosion.

Je savais que Béate ne me mentait pas. J'ai échafaudé l'idée qu'elle se trompait. Ma tendre Noor, ma perle, mon petit coquillage n'a jamais été une enfant prostituée. Ça n'était pas possible. Ma Noor, une PUTE ???!!! Non, je ne voulais pas le croire.

Ma colère et ma détresse se sont transformées en agressivité. Je me suis levé, rapide comme un décervelé. Il fallait que je détruise cette affreuse information. J'ai fermé le poing et... mon Dieu, comme je le regrette aujourd'hui... je l'ai envoyé en direction du visage de Béate. Elle était responsable de cette diffamation. Elle méritait mon coup-de-poing.

Heureusement, quelques centimètres avant qu'il ne s'aplatisse sur son nez, j'ai réussi à dévier la trajectoire et j'ai eu la présence d'esprit de faire voler la lampe à côté d'elle.

Béate est restée totalement raide, sans mouvement, les yeux écarquillés par cette situation effrayante et compréhensible à ses yeux. Elle est d'une grande finesse et sait parfaitement que l'informateur risque de subir le courroux de celui qu'il informe.

Elle m'a regardé avec compassion, comme j'ai souvent eu l'opportunité de le voir dans ses yeux. Je me suis ressaisi. J'ai réalisé qu'elle ne me mentait pas, que jamais Béate ne m'avait menti, et aujourd'hui elle ne pouvait pas me mentir. J'ai balbutié , après un long silence :

– Excusez-moi.

Mon esprit était obscurci par mon imagination galopante. Je voyais ma Noor, si fragile, aux mains de ces monstres. Amina était dans le même bordel, avec sa fille sous le lit. Mais quelle horreur ! Quelle affreuse réalité !

Toujours immobile, Béate m'a regardé. Elle était triste et pourtant, j'ai perçu un petit air de satisfaction. Elle était soulagée de s'être libérée d'un secret lourd à porter.

Elle a peu à peu compris que j'avais exprimé mon désarroi, et que je l'apprivoisais. J'ai ingurgité cette nouvelle avec détresse, mais avec résignation, puis avec acceptation.

Après quelques minutes, de longues minutes, j'ai juste pu dire :

– Mais pourquoi ne pas me l'avoir dit ?

– Hicham, je ne lui ai rien dit pour toi non plus, m'a-t-elle répondu d'une voix douce.

Cette phrase était une nouvelle gifle. Non seulement, je prenais conscience que depuis des années, je vivais sans avoir été informé, mais que moi aussi, je vivais dans le mensonge. Béate me ramenait à mon état d'enfant prostitué, état que je tentais chaque jour d'oublier. Je me suis effondré, j'ai pleuré comme un bambin.

Béate était heureusement une fine psychologue. Elle a choisi de me laisser me libérer par les larmes, puis elle m'a longuement parlé.

– Tu es devenu un homme brillant, généreux, célèbre. Noor aussi. Vous êtes beaucoup plus unis que tu le pensais encore ce matin.

Nous avons échangé tendrement, entre mes sanglots. Certains hommes rejettent leur épouse lorsqu'ils comprennent qu'elle n'était pas vierge. Je n'étais pas de ceux-là. Noor était une perle, un diamant, une pierre précieuse que je ne voulais pas abandonner.

40

Durant les jours qui ont suivi, Noor est restée enfermée dans la chambre de notre fils. La chambre était libre lorsqu'il vivait à Islamabad pour ses études. Grâce aux visites et aux conseils de Béate, elle a accepté de sortir de sa prison volontaire. Après maintes palabres, elle m'a autorisé à ce que je la prenne dans mes bras.

– Ma tendre épouse. Je t'aime et je t'aimerai toujours.

– Peux-tu encore m'aimer ?

– Je t'ai prise comme épouse telle que tu étais, je te garde telle que tu es devenue.

Elle s'est obstinée à rester prostrée dans le fond du canapé. J'ai voulu détendre l'ambiance.

– Madame Noor, voulez-vous garder pour époux Monsieur Hicham ?

Elle a ri, et nous nous sommes embrassés.

Comment pouvais-je lui reprocher ce que j'avais moi-même subi ?

Cette épreuve nous a unis plus encore.

Amina est également plus souriante avec moi. Elle sait que je connais son secret. Elle est reconnaissante de mon absence de bannissement envers elle.

Ce soir, notre fille Minahil nous a fait un gros caprice. Elle a estimé que sa robe n'était pas aussi jolie que celle de sa petite copine. Nous étions, à ses yeux fautifs de mauvais traitements. Noor et moi, nous nous sommes regardés avec complicité.

Nous sommes heureux de donner à nos enfants la possibilité d'être capricieux pour des futilités.

La femme qui avait insulté Noor dans le centre, était sa petite sœur. Elle avait quelques années de moins qu'elle, alors que je la pensais beaucoup plus vieille. Nous l'avons retrouvée. Nous avons fait de nombreuses tentatives pour qu'elle reprenne une vie honorable. Son mari l'avait abandonnée avec deux enfants. Elle était épuisée et elle est morte, d'une mort mystérieuse. Nous nous sommes occupés de ses deux enfants.

La fille d'Amina veut devenir médecin. Elle a eu de nombreuses demandes en mariage qu'elle a refusées. Elle veut se donner entièrement aux enfants abusés, comme sa mère l'a été.

Je n'ai toujours pas dit à Noor que j'avais été, moi aussi un enfant abusé. Il m'a semblé comprendre qu'elle l'a deviné. Béate m'a dit un jour, une phrase énigmatique :

– Ta femme sait tout de toi, même si tu ne lui parles pas.

41
aujourd'hui

Je vous ai livré les événements de ma vie.

Que va devenir ce manuscrit ? Je ne sais pas. Mes enfants le trouveront peut-être après ma mort et le publieront, ou pas.

S'il est lu, j'espère qu'il donnera espoir à tous ceux qui ont eu un passé d'enfant violé, battu, réduit à l'esclavage. Tous les espoirs ne sont pas perdus. Il faut s'autoriser le combat pour son bonheur.

Pour cela, bien évidemment, nous avons besoin d'un minimum d'estime de soi. Cette estime, je l'ai eue dans mon enfance grâce à mon institutrice.

Sans son regard bienveillant et encourageant, est-ce que ma vie aurait été aussi heureuse ?